AF313365

Paris. — Typ. G. Chamerot, rue des Saints-Pères, 19.

CATALOGUE

DES

LIVRES ANCIENS ET MODERNES

LA PLUPART RARES ET CURIEUX

COMPOSANT LA

BIBLIOTHEQUE DE M. D***

DONT LA VENTE AURA LIEU

Le mardi 12 décembre 1876, et les deux jours suivants
à sept heures et demie précises du soir

Rue des Bons-Enfants. 28 (maison Silvestre)
Salle n° 1

Par le ministère de Mᵉ MAURICE DELESTRE, commissaire-priseur
Successeur de Mᵉ DELBERGUE-CORMONT
Rue Drouot, 23.

PARIS

ADOLPHE LABITTE

LIBRAIRE DE LA BIBLIOTHÈQUE NATIONALE

4, rue de Lille, 4

1876

CATALOGUE

DES

LIVRES ANCIENS ET MODERNES

LA PLUPART RARES ET CURIEUX

COMPOSANT LA

BIBLIOTHÈQUE DE M. D***.

THÉOLOGIE.

ÉCRITURE SAINTE. — HISTOIRE DE L'ÉGLISE.
MYTHOLOGIE.

1. La Sainte Bible, contenant l'Ancien et le Nouveau Testament, traduite en françois sur la Vulgate par M. Le Maistre de Sacy, divisée en 10 tomes. *Paris, Guillaume Desprez,* 1730, 10 vol. in-12, veau.

2. La Sainte Bible, en latin et en françois, avec les commentaires de dom Auguste Calmet, etc., et de l'abbé de Vence, 2ᵉ édition. *Paris,* 1767 et années suivantes, 17 vol. in-4, demi-rel. gravures et cartes.

3. La Sainte Bible, contenant l'Ancien et le Nouveau Testament, traduite en français sur la Vulgate par M. Le Maistre de Sacy. Nouvelle édition, ornée de 300 gravures d'après les dessins de M. Marillier. *Paris,* 1789, an XII, 12 vol. gr. in-8, cart. n. rog.
Très-belles épreuves.

4. Le Nouveau Testament de Notre-Seigneur Jésus-Christ, traduit en françois. Nouvelle édition avec des figures en taille-douce. *Mons,* 1691, 1 vol. in-12, demi-rel.

5. Jésus-Christ, par Louis Veuillot, avec une Étude sur l'art chrétien, par E. Cartier. Ouvrage contenant 180 gravures

exécutées par Huyot père et fils, et 16 chromolithographies d'après les monuments de l'art, depuis les catacombes jusqu'à nos jours. *Paris, Firmin-Didot frères*, 1875, 1 vol. in-4, br. n. rog. 1re édition.

6. Renan (Ern.). La Vie de Jésus. — Les Apôtres. — Cantique des cantiques. — Saint Paul. *Paris, Michel Lévy frères*, 1867-69, 4 vol. in-8.

7. La Bible dans l'Inde, Vie de Iezeus-Christna, par Louis Jacolliot. *Paris*, 1869, 1 vol. in-8, br. — Les Fils de Dieu, 1873, in-8, br. — Christna et le Christ, 1874, in-8, br.

8. Imitation de Jésus-Christ, paraphrasée en vers français, par P. Corneille. *Gay*, 1862, in-12, br.

Jolie édition faite à l'imitation des Elzevir et tirée à petit nombre. Papier de Hollande.

9. Examen critique des doctrines de la religion chrétienne, par Patrice Larroque. *Paris*, 1860, 2 vol. in-8, br.

10. Les Imaginaires, ou Lettres sur l'hérésie imaginaire. Les Visionnaires, ou seconde partie des Lettres sur l'hérésie imaginaire par le sieur de Damvilliers. *A Liége, chez Adolphe Beyers (à la Sphère)*, 1667, 2 vol. in-18, vél. blanc.

11. De l'Abus des nudités de gorge, attribué à l'abbé J. Boileau. *Paris*, 1858, 1 vol. in-12, papier vergé, cart. n. rog.

12. Spanheim (de). Histoire de la papesse Jeanne. *La Haye*, 1736, 2 vol. in-12, fig. v. m.

13. Theatrum crudelitatum hæreticorum nostri temporis. *Antverp.*, 1604, 1 vol. petit in-4, veau, marges rehaussées.

Orné de curieuses figures représentant les massacres, incendies et pillages qu'exercèrent ceux de la religion réformée tant en France qu'en Angleterre et autres pays. — La dernière représente l'exécution de Marie Stuart.

14. Alcoran des cordeliers, tant en latin qu'en françois, c'est-à-dire recueil des plus notables bourdes et blasphèmes de ceux qui ont osé comparer sainct François à Jésus-Christ, tiré du grand livre des conformitez, jadis composé par frère Barthélemi de Pise, cordelier en son vivant. Nouvelle édition, ornée de fig. *Amsterd., aux dépens de la Cie*, 1734, 2 vol. in-12, veau.

Édition recherchée pour ses curieuses figures de B. Picart.

15. Légende dorée, ou sommaire de l'hist. des frères mendiants de l'ordre de Saint-Dominique et de Saint-François, etc. *Amst., aux dépens de la compagnie*, 1734, 1 vol. in-12, cart. n. rog.

16. La Guerre séraphique, ou Histoire des périls qu'a courus la barbe des Capucins par les violentes attaques des Cor-

deliers. On y a joint une dissertation sur l'inscription du grand portail de l'église des Cordeliers à Reims, etc., etc. *La Haye, chez Pierre de Hondt,* 1740, in-12, veau.

17. La Vie des saints, illustrée en chromolithographie d'après les anciens manuscrits de tous les siècles, publiée par F. Kellerhoven, texte par M. Henry de Riancey. *Paris, s. d.,* in-4, demi-rel. perc. r. dor. sur tr.

Exemplaire du premier tirage.

18. La Légende de sainte Ursule, princesse britannique, et de ses onze mille vierges, d'après les anciens tableaux de l'église de Sainte-Ursule à Cologne, reproduits en chromolithographie, publiée par F. Kellerhoven, texte par J.-B. Dutron. *Paris,* 1860, in-4, demi-rel. dor. en tête n. rog.

19. Sainte Cécile et la Société romaine aux deux premiers siècles, par dom Guéranger, abbé de Solesmes ; ouvrage contenant deux chromolithographies, cinq planches en taille-douce et 250 gravures sur bois. *Paris, Firmin-Didot frères,* 1874, in-4, br. n. rog.

20. Essai du nouveau conte de ma mère Loye, ou Enluminures du jeu de la Constitution, 1722, in-12, vél.

21. Mémoire pour servir à l'histoire de la calotte. 4 parties, plus les 5e et 6e parties. *Aux états calotins, de l'imprimerie calotine,* 1752-1754, 3 vol. petit in-18, veau.

22. La Vérité des miracles opérés par l'intercession de M. de Paris, démontrée contre M. l'archevêque de Sens; ouvrage dédié au roi, par M. de Montgeron. *A Utrecht,* 1737, in-4, fig. veau.

23. Recueil général des pièces concernant le procès entre la demoiselle Cadière, de la ville de Toulouse, et le père Girard, jésuite recteur du séminaire royal de la marine de ladite ville. *A la Haye, chez Swart,* 1731, 8 vol. in-12, veau.

24. Mystères de l'Inquisition et autres sociétés secrètes d'Espagne, par V. de Féréal, illustrés de plus de 200 dessins. *Paris,* 1846, gr. in-8, demi-rel.

25. Année religieuse des théophilanthropes ou adorateurs de Dieu et amis des hommes, recueil de discours, etc., etc. *Troyes, Mallet,* an VI, 2 tom. cart. en 1 vol. in-18, ébarbé.

26. Les Jésuites depuis leur origine jusqu'à nos jours, etc., par A. Arnould, édition illustrée par Tony Johannot, Jules David, etc., etc. *Paris,* 1846, 2-vol. grand in-8, br.

27. Les Libres Prêcheurs, devanciers de Luther et de Rabelais. étude historique, critique et anecdotique, sur les XIVᵉ, XVᵉ et XVIᵉ siècles, par Antony Méray. *Paris, Claudin,* 1860, 1 vol. demi-rel. petit in-12.

28. L'Anti-Papisme révélé, ou les Rêves de l'anti-papiste (attribué à l'abbé du Laurens). *A Genève*, 1767, petit in-12, veau.

29. Holbach (baron d'). La Contagion sacrée, ou Histoire naturelle de la superstition, ouvrage traduit de l'anglais. *Londres*, 1768, in-12, veau.

30. Histoire critique de Jésus-Christ, ou Analyse raisonnée des Évangiles (par le baron d'Holbach). *S. l. n. d.,* 2 tom. en 1 vol. in-12, veau, tr. dor.

31. Questions importantes sur quelques opinions religieuses, par le citoyen Palissot, 3ᵉ édition, dédiée aux théophilanthropes. *Paris*, an VI, br. de 48 pages, in-8, cart. pas rog.

32. Le Véritable Évangile, par le citoyen Gallet, 2ᵉ édition. *Paris*, an II, 1 vol. de 92 pages, in-8, cart. pas rog.

33. L'Anti-Barbare, ou du Langage incogneu, tant es prières des particuliers qu'au service public, par Pierre du Moulin, ministre de la parole de Dieu en l'église de Sedan. *Genève*, 1630, pet. in-12, veau.

34. Anatomie de la Messe, par Pierre du Moulin, ministre de la parole de Dieu en l'église de Sedan, etc. 3ᵉ édition. *A Genève*, 1690, 2 tomes en 1 vol. in-12, veau plein dor. sur tr. écusson sur le plan.

35. Origine de tous les cultes, ou Religion universelle, par Dupuis. *Paris, chez Agasse*, an III, 7 tomes rel. en 12 vol. in-8, veau.

36. Les Religions du monde, ou Démonstrations de toutes les religions et les hérésies, par Alexandre Ross, enrichies partout de figures en taille-douce. *Amsterdam, Abraham Wolfgang*, 1686, in-12, veau.

37. Cérémonies et Coutumes religieuses de tous les peuples du monde, représentées par des figures dessinées de la main de Bernard Picart, nouvelle édition. *Paris, L. Prud'homme*, 1807, 13 vol. in-fol. cart. n. rog.

Quelques volumes piqués.

38. Histoire pittoresque des religions, doctrines, cérémonies et coutumes religieuses de tous les peuples du monde anciens et modernes, par L. S. B. Clavel. *Paris*, 1844, gravures nombreuses, 2 vol. gr. in-8, demi-rel.

39. Dulaure. Histoire abrégée des différents cultes ; 1° des cultes qui ont précédé et amené l'idolâtrie ou l'adoration des figures humaines ; 2° des divinités génératrices chez les anciens et les modernes, 2° édition. *Paris*, 1825, 2 vol. in-8, demi-rel.

40. Le Talmud, par Emmanuel Deutsch, traduit avec autorisation de l'auteur par Théophile Baudaunas. *Paris, Académie des bibliophiles*, 1868, pet. in-8 carré vergé broché.

41. Lettres à Émilie sur la mythologie, par A.-C. Demoustier, dernière édition. Portraits et figures de Monnet. *Paris, Ant.-Aug. Renouard*, an IX, 1801, 6 parties en 3 vol. in-8, demi-rel.

42. Lettres à Émilie sur la mythologie, par C.-A. Demoustier. *Paris, Renouard*, 1809, 6 parties en 2 vol. in-8, demi-rel. gravures de Moreau.

SCIENCES ET ARTS.

43. Confucius et Mencius. Les quatre livres de philosophie politique et morale de la Chine, traduits du chinois par M. G. Pauthier. *Paris, Charpentier*, 1841, 1 vol. in-12, demi-rel.

44. Le Monde primitif analysé et comparé avec le monde moderne, considéré dans son génie allégorique et dans les allégories auxquelles conduisit ce génie, par Court de Gebelin. *Paris*, 1773-84, 9 vol. in-4, veau fauve, orné de planches.

45. Baron d'Holbach. Système social, ou Principes naturels de la morale et de la politique, avec un examen de l'influence du gouvernement sur les mœurs. *Londres*, 1773, 3 tomes en 1 vol. in-8, maroq. rouge, tr. dor.

Très-bel exemplaire.

46. La Morale universelle, ou les Devoirs de l'homme fondés sur la nature, par le baron d'Holbach. *Amst.*, 1776, 3 vol. in-8.

47. Holbach (baron d'). Système de la nature, ou des Lois du monde moral. *Londres*, 1780, 2 vol. in-8, carton. n. rog.

48. Les Dîners du baron d'Holbach, dans lesquels se trouvent rassemblés sous leurs noms une partie des gens de la cour et des littérateurs les plus remarquables du XVIIIe siècle, par Mme la comtesse de Genlis. *Paris*, 1822, in-8, demi-rel.

49. Les Abus dans les cérémonies et dans les mœurs, développées par M. L. (ou Laurens). *Genève*, 1767, in-12, v.

50. Traité sur la tolérance (par Voltaire, à l'occasion de la mort de Jean Calas). 1773, 1 vol. in-8, maroq. rouge.

51. Alexandre Crevel. Le Cri des peuples, adressé au roi, aux ministres. — Le Cri de la nation, sur la politique et l'administration. — Le Cri des auteurs, adressé au conseil des ministres sur les abus de la liberté. — Adresse au gouvernement et au peuple français, par D. de Rienzi. *Paris*, 1817-1820, 4 pièces en 1 vol. in-8, demi-rel.

52. Le Vrai Christianisme suivant Jésus-Christ, par Cabet. *Paris*, 1846, 1 vol. in-18, demi-rel.

53. Système des contradictions économiques, ou Philosophie de la misère, par P.-J. Proudhon. *Paris*, 1872, 2 vol. in-12, brochés, n. coup.

54. Les Œuvres morales et mêlées de Plutarque de Chéronée, traduites du grec en françois par Jacques Amyot, confesseur du roy, etc., divisées en 2 tomes, etc. *A Lyon, chez Paul Frelon*, 1613, frontispice, 2 gros volumes in-12, velin.

Grands de marge.

55. Collection des Moralistes anciens. *Paris, Didot l'aîné et Debonze l'aîné*, 1782-95, 17 vol. in-12 cartonnés.

56. La Morale de Jésus-Christ et des apôtres (complément de la Collection des Moralistes anciens publiée par Didot). *Paris, Didot*, 1790, 2 vol. in-18, veau rel.

57. Le Carnaval ancien et moderne, par Benjamin Gastineau. *Paris, Poulet-Malassis*, 1862, 1 vol. in-18, demi-rel.

58. Petit Traité contre l'abominable vice de paillardise et adultère, qui est aujourd'hui en coustume et comme chose indifférente de s'en abstenir ou non, contre les mondains qui ne sentent que la terre. *Guillaume le Fault, à la Haye* (réimpression de Lille, 1868), in-18 cartonné.

59. Histoire de la crinoline au temps passé, par Albert de la Fizelière. *Paris, Aubry*, 1859, 1 vol. in-18, demi-rel. dos maroq., tête dor. n. rog.

60. Histoire des femmes depuis la plus haute antiquité jusqu'à nos jours, traduite de l'anglais par M. de Cantwel. *Paris*, 1791, 4 vol. in-12 cartonnés.

61. La Galerie des femmes, collection incomplète de 8 tableaux, recueillis par un amateur (de Jouy). *Hambourg*, 1799, in-12, tiré sur papier de Hollande, format in-8, cart. n. rog.

62. Discours particulier contre les femmes desbraillées de ce temps, par Pierre Guvernay. *Genève, chez J. Gay*, 1865, in-18, cartonné n. rog.

63. Les Libres Penseurs et la Ligne de l'enseignement, par Alex. de Saint-Albin. *Paris*, 1868, in-8. br.

64. Histoire de la législation sur les femmes publiques et les lieux de débauche, par M. Sabatier, avocat. *Paris*, 1830, in-8, br.

Rare.

65. Prostitution en Europe, depuis l'antiquité jusqu'à la fin du XVIᵉ siècle, par Rabutaux, avec une bibliographie par P. Lacroix, et 4 planches hors texte. 1851, in-4, br.

Complément des *Arts au moyen âge*.

66. De la Prostitution dans la ville de Paris, par Parent-Duchâtelet. *Paris, J.-B. Baillière*, 1836, 2 vol. in-8, demi-rel.

67. Les Voleurs, physiologie de leurs mœurs et de leur langage, par E.-F. Vidocq. *Paris*, 1837, 2 vol. in-8, portrait, broché.

---

68. Les Tableaux de la nature, par M** (Renaud de la Grelaye). *Amsterdam et Paris*, 1775, in-8, gravures de Desray, cartonné, n. rog.

69. Les Chats (de Montcrif). *Paris, Gabriel-François Guillau*, 1727, in-8, veau.

70. Les Chats, par Champfleury, 5ᵉ édition, augmentée de planches en couleurs et d'eaux-fortes. *Paris, Rothschild*, 1870, in-8 carré, demi-rel. perc.

71. Les Chats, extraits de pièces rares et curieuses en vers et en prose, etc., etc., recueillies par J. Gay. *Paris et Bruxelles*, 1866, in-12, br. papier de Hollande.

72. Histoire des rats, pour servir à l'histoire universelle. *A Sens*, 1787, 1 vol. in-8, gravure de Marillier, veau.

73. Novvelles Expériences svr la vipère, ov l'on verra vne description exacte de tovtes ses parties, la source de son

venin, ses divers effets et les remèdes exquis que les artistes peuvent tirer tant pour la guérison de ses morsures, que pour celle de plusieurs autres maladies, par M. Charas, apoticaire. *Paris*, 1669, pet. in-8, veau.

---

74. De l'Homme et de la Femme considérés physiquement dans l'état du mariage, par M. de L***, avec figures en taille-douce. *Lille*, 1772, 2 vol. in-12, figures, veau.

75. L'Art de procréer des sexes à volonté, ou Histoire physiologique de la génération humaine, par Jacques-André Millot, 5ᵉ édition, figures. *Paris*, in-8, cartonné.

76. Lucina sine concubitu. Lettre adressée à la Société royale de Londres, par Abraham Johnson. *Londres*, 1750, 1 vol. in-18, veau.

77. Vénus physique, par Maupertuis. *S. l.*, 1746, in-12, maroq.

78. Traité des eunuques, dans lequel on expose toutes les différentes sortes d'eunuques, quel rang ils ont tenu, et quel cas on en a fait, etc., avec remarques curieuses, par *M. D...*, *imprimé l'an* 1807, in-12. veau.

79. L'Année scientifique et industrielle (figures), 1856 à 1874, 18 années dont 1 vol. tables décennales, 1856 à 1865. — 18 vol.

80. Paul Lacroix et Ferdinand Séré. Histoire de l'orfévrerie, de l'imprimerie, de la chaussure, de hôtelleries, des cordonniers, de la charpenterie et de la coiffure, 1850-62, 9 vol. gr. in-8, figures, br.

81. Dubois (Pierre). Histoire de l'horlogerie, depuis son origine jusqu'à nos jours, avec un grand nombre d'illustrations archéologiques. *Paris*, 1849, 1 vol. in-4, demi-rel. chagrin, plats toile, d. s. t.

Beau volume avec un grand nombre de planches en noir et *chromolithog*.

82. La Vénerie de Jacques du Fouilloux, seigneur dudit lieu, gentilhomme du pays de Gastine, en Poictou, dédiée au roy, nombreuses gravures. *A Niort, chez Robin et L. Favre*, 1864, in-4, vélin blanc.

83. Lettres cabalistiques, ou Correspondance philosophique, historique et critique entre deux cabalistes, etc., etc. (marques d'argent). *La Haye*, 1754, 7 vol. in-12, veau.

84. Louis Jacolliot. Le Spiritisme dans le monde, l'initiation et les sciences occultes dans l'Inde et chez tous les peu-

ples de l'antiquité avec un aperçu du spiritisme et du ma-
gnétisme au moyen âge et jusqu'à nos jours. *Paris*, 1875,
in-8, br.

ALCHIMIE.

85. Les Admirables Secrets d'Albert le Grand, nouvelle édition. *A Lyon, s. d.*, 1 vol. in-12, demi-rel.

86. Les Secrets merveilleux de la magie naturelle du Petit
Albert. *A Lyon, chez les héritiers de Bennyes fratres*,
1868, 1 vol. in-12, demi-rel.

87. Enchiridion Leonis papæ serenissimo imperatori Caro-
lo Magno. — Enchiridion du pape Léon, envoyé comme un
rare présent à l'empereur Charlemagne. *A Rome*, 1740,
1 vol. in-12, demi-rel. figures.

88. Des Marques des sorciers et de la Réelle Possession que
le diable prend sur le corps des hommes, par Jacques Fontaine. *A Lyon, chez Claude Larjot*, 1611 (réimpression),
in-8 de 46 pages, papier de Hollande, broché.

89. Secrets magiques pour l'amour, octante et trois charmes,
conjurations, sortiléges et talismans. *Paris, Académie des
bibliophiles*, 1868, in-12, cartonné, n. rog.

90. *Sous ce n° on vendra plusieurs lots de livres concernant
l'*ALCHIMIE.

FRANC-MAÇONNERIE.

91. Bulletin du Grand Orient de France, Suprême Conseil
pour la France et les colonies, 1856 à 1876. Ensemble
12 numéros séparés des années 1844 à 1853 et 20 années,
in-8, en livraisons.

Manque n° II et XI pour 1864.

92. L'Esprit de la franc-maçonnerie, dévoilée relativement au
danger qu'elle renferme, par l'abbé B***. *Rome*, 1740,
in-8, cart.

93. L'Ordre des francs-maçons trahi et le secret des Mopses
révélé, par l'abbé Perau. *Amsterdam*, 1745, in-12, veau.

94. L'Étoile flamboyante, ou la Société des francs-maçons
considérée sous tous les aspects, par le baron de Tschoudy.
Fancfort, 1766, 2 vol. in-12, demi-rel.

95. Les Francs-Maçons écrasés, suite du livre l'Ordre des francs-maçons trahi, par l'abbé Larudaz. *Amsterdam*, 1766, fig. in-12.

96. La Maçonnerie léonaise comparée avec les trois professions et le secret des Templiers du XIVe, par M. Bonneville. *Orient de Londres*, 1788. — Mêmeté des quatre vœux de la compagnie à Saint-Ignace, et des quatre grades de la maçonnerie de Saint-Jean, par le même. *Or.·. de London*, 1788. — Masonry dissected, being an universal and genuine description of all its branches, by Sam. Pritchard. *London*, août 1770, trois ouvrages en 1 vol. in-8, demi-rel.

97. Le Voile levé pour les curieux, ou le Secret de la révolution révélé à l'aide de la franc-maçonnerie. *Paris*, 1791. — Essais historiques et critiques sur la franc-maçonnerie, par J.-L. Laurens. *Paris*, 1805, ensemble 1 vol. in-8, demi-rel.

98. Le Tombeau de Jacques Molai, ou le Secret des conspirateurs à ceux qui veulent tout savoir, œuvre posthume. *Paris*, an IV, in-8 de 34 pages, demi-rel.

99. Louis XVI détrôné avant d'être roi, ou Tableau des causes de la révolution française, par l'abbé Proyart. *Paris*, 1803, in-8, demi-rel.

100. État du Gr.·. O.·. de France, de l'an 5804. In-8, 3 vol. br.

101. Annales maç.·. dédiées à Son Altesse Sérénissime le prince de Cambacérès, par Caillot R.·. C.·. *Paris, Caillot*, 5807, 8 vol. in-18, cart. n. rog.

102. Grand Orient, recueil des bulletins des fêtes de l'ordre depuis 5805 jusque 1812. In-4, demi-rel.

103. Annales originis magni Galliarum O.·. ou Histoire de la fondation du Grand Orient de France, planches. *Paris*, 1812, in-8, veau.

104. Secrets de la franc-maçonnerie, dédiés par un franc-maçon au Très-Saint Père le pape Pie VII, par F. J. C. *Paris et Lille*, 1814, br. in-8 de 30 pages, demi-rel.

105. Acta Latomorum, ou Chronologie de l'histoire de la franche-maçonnerie française et étrangère, avec un supplément orné de fig. *Paris*, 1815, 2 vol. in-8, demi-rel.

106. Miroir de la vérité, dédié à tous les maçons, par Abraham. *Paris*, 1815, 3 vol. in-8, demi-rel.

107. Thuileur, des 33 degrés de l'écossisme du rite ancien et accepté, avec 21 planches. *Paris*, 1821, in-8, demi-rel.

108. Crata repoa, ou Initiations aux anciens mystères des prêtres d'Égypte, traduit de l'allemand, et publié par le F∴ Ant. Bailleul. *Paris*, 8521, in-8, demi-rel.

109. L'Orateur franc-maçon, ou Choix de discours prononcés à l'occasion des solennités de la franc-maçonnerie, par Williaume. *Paris*, 1823, in-8, demi-rel.

Très-rare.

110. Le Globe, archives des initiations anciennes et modernes publiées par une société de franc-maçons et de templiers, sous la rédaction principale de Louis-Théodore Juge, années 1839, 1840, 1841, 3 vol. gr. in-8, br.

Rare.

111. Hiérologies et Bébélogies, par L.-Th. Juge, de Tulle. *Paris*, 1839, in-12, tiré sur papier gr. in-8, br.

112. Hiérologies sur la franc-maçonnerie et l'ordre du Temple, par L.-Th. Juge, de Tulle. *Paris*, 1839-1840, in-12. br. tirage gr. in-8.

113. Cours philosophique et interprétatif des initiations anciennes et modernes, par S.-M. Ragon. *Paris*, 1841, in-8, demi-rel.

Très-rare.

114. La Messe et ses mystères comparés aux mystères anciens, ou complément de la science initiatique, par Jean-Marie de V. *Paris et Nancy*, 1844, in-8, demi-rel.

Très-rare.

115. De l'Ordre maçonnique de Misraïm depuis sa création jusqu'à nos jours, par Marc Bedarride. *Paris*, 1845, 2 vol. in-8, br.

116. OEuvres maçonniques, de N.-C. des Étangs, ancien président de la logé des Trinotophes, Or∴ de Paris, ornées de son portrait. *Paris*, 1848, gr. in-8, br.

117. Maçonnerie occulte, suivie de l'Initiation hermétique, par S. M. Ragon. *Paris*, 1853, in-8, demi-rel.

118. Orthodoxie maçonnique, suivie de la Maçonnerie occulte et de l'Initiation hermétique, par S.-M. Ragon. *Paris*, 1853, in-8, br.

119. Histoire pittoresque de la franc-maçonnerie et des sociétés secrètes, anciennes et modernes, par F.-I.-B. Clavel, nombreuses gravures sur acier. *Paris*, 1844, 1 vol, gr. in-8, demi-rel.

Rare.

120. Précis sur la franc-maçonnerie, son origine, son histoire, ses doctrines, etc., etc., par César Moreau. *Paris*, 1855. Revue générale biographique, etc., portrait, 1er vol., 2e partie, 1854, 2e vol., 2e partie, 1855. Ensemble 1 vol. in-8, demi-rel.

121. Hermès, ou le Sanctuaire de Memphis, par J. Marconis de Nègre. *Paris*, portrait et planche, in-8, demi-rel.

122. Cours oral de franc-maçonnerie en douze séances, par H. Cauchois. *Paris*, 1863, in-8, br.

123. Histoire du Grand Orient de France, fig. *Paris, Rennes*, 1865, in-12, cart.. pas rog.

124. La Tribune maçonnique, contenant un choix de discours sur tous les sujets de cette institution, par le F∴ J. E. T. Marconis. *Paris*, 1866, 1 vol. gr. in-8, br.

125. Les Francs-Maçons et les Sociétés secrètes, par Alex. de Saint-Albin, 2e édition. *Paris*, 1867, gr. in-8, br.

126. *Sous ce n° on vendra en lots des ouvrages sur la* FRANC-MAÇONNERIE, *imprimés de 1745 à 1820.*

BEAUX-ARTS.

127. Histoire de l'art chez les anciens, par M. Winckelmann, traduite de l'anglais par M. Huber, 27 planches. *Paris, Barrois*, 1789, 3 vol. in-8, br.

128. Les Collectionneurs de l'ancienne Rome, note d'un amateur. *Paris, Aubry*, 1867, 1 vol. in-8, papier vergé, cart. n. rog.

129. Paul Lacroix. Les Arts au moyen âge, 1873. — Mœurs, Usages et Costumes au moyen âge, 1871 (1re édition). — Vie militaire et religieuse au moyen âge, 1873. — Le XVIIIe Siècle, 1875. — Ensemble 4 vol. in-4, nombreuses planches en couleurs, vignettes dans le texte, br.

130. Théophile Gautier. Les Beaux-Arts en Europe, 1855. *Paris*, 1856, 2 vol. in-12, br.

131. Les Nuits de Rome, par Jules de Saint-Félix, dessins de Godefroy. *Paris, Dentu*, 1 vol. in-12, br.

132. Le Livre des peintres et graveurs, par Michel de Marolles; nouvelle édition, revue par Georges Duplessis. *Paris, P. Jannet*, 1855, in-12, cart. toile.

133. Recherches sur les costumes, les mœurs, les usages religieux, civils et militaires des anciens peuples, d'après les auteurs célèbres et les monuments antiques, etc., par J. Maillot, publié par P. Martin. *Paris, Didot l'aîné*, an XII, 1804, 3 vol. in-4, demi-rel. dos maroquin vert, coins.

Près de 300 gravures hors texte.

134. La Danse de la mort de Holbein. *Basle*, 1576, in-8, toile.

135. Alphabeto della morte, di Hans Holbein. *Parigi*, *E. Tross*, 1856, in-8, br.

Ornements et entourages du XVᵉ siècle.

136. Emblèmes de l'amour divin. *A Paris, chez P. Landry, rue Saint-Jacques, à Saint-François-de-Sales*, 58 gr. in-16, veau.

137. Tableaux du temple des Muses, représentant les vertus et les vices sur les plus illustres fables de l'antiquité, tirés du cabinet de feu M. Favereau, composés par M. Michel de Marolles. *A Amsterdam, Abraham Wolfgank*, 1676, pet. in-4, fig. veau.

138. Les Augustes Représentations de tous les roys de France depuis Pharamond jusqu'à Louis XIV, fig. par Larmesin *Paris*, 1679, in-4, veau.

139. Hollandse Iaar Boeken of Rym-Kronyk, van Melis Stocke (texte hollandais). *Leyden*, 1699, 1 vol. pet. in-f°, fig. veau.

140. Histoire de l'imagerie populaire, par Champfleury. *Paris, Dentu*, 1869, 1 vol. in-12, br. n. coupé.

141. Champfleury. Histoire de la caricature antique. Histoire de la caricature moderne. 2ᵉ édition, très-augmentée. *Paris*, 1872, 2 vol. in-12, br.

142. Gavarni. Masques et visages. *Paris, Paulin-Lechevalier*, 1857, in-12, demi-rel. n. rog.

143. Arthur de Gravillon. A Propos de Bottes, avec une eau-forte et 85 croquis à la plume par l'auteur. *Paris*, 1865, 1 vol. in-8, cart.

144. Vignettes et Portraits pour l'histoire du Consulat et de l'Empire. Dessins par Raffet. *Paris, Furne*, 1845, 30 livraisons, 60 belles gravures ou portraits in-8, tirés sur grand papier de format in-4, demi-rel. 1 vol.

BELLES-LETTRES.

LINGUISTIQUE.

145. DICTIONNAIRE de la langue française, par E. Littré, de l'Académie française. *Paris,* 1873, 4 vol. in-4, dos maroquin, plats toile, neufs.

146. Dictionnaire comique, satirique, critique, burlesque, libre et proverbial, etc., etc., par P.-J. Leroux. *A Pampelune,* 1786, 2 vol. in-8, veau.

147. Néologie, ou Vocabulaire de mots nouveaux, par L.-S. Mercier. *Paris, an IX* (1801), portrait, 2 vol. in-8, demi-reliure.

148. Études de philologie comparée sur l'argot et sur les idiomes analogues parlés en Europe et en Asie, par Francisque Michel. *Paris,* 1856, 1 vol. gr. in-8, broché.

149. Alfred Delvau. Dictionnaire de la langue verte, argots parisiens comparés; 2e édition, entièrement refondue et considérablement augmentée. *Paris, Dentu,* 1867, 1 vol. in-12.

150. Glossarium eroticum linguæ latinæ, sive theogoniæ, legum et morum nuptialium apud Romanos Explanatio nova. Auctore P. P. *Parisiis, Dondey-Dupré,* 1826, in-8, demi-rel.

POÈTES ANCIENS.

151. Odes, inscriptions, épitaphes, épithalames et fragments d'Anacréon, traduits par Gail, ornés de gravures. *Paris, Didot ainé,* 1794, in-18, veau doré sur tranches.

152. Idylles de Théocrite, traduites par J.-B. Gail, ornées de figures. *Paris, Didot jeune, an IV,* 2 vol. pet. in-12, veau doré sur tranches.

153. Idylles de Théocrite et Odes anacréontiques, traduction nouvelle, par Leconte de Lisle. *Paris, Poulet-Malassis et De Broise,* 1861, in-12, broché.

154. Élégies de Tibulle, suivies des Baisers de Jean Second et de contes et nouvelles, par Mirabeau, enrichies de 14 figures de Borel. *Tours, an III*, 3 vol. in-8, demi-reliure.

155. Publii Virgilii Maronis Opera, per Johannem Ogilvium edita et sculpturis æneis adornata; frontispice, portrait, carte et 104 gravures. *Londini*, 1663, in-fol. veau.

156. Œuvres de Virgile traduites en français, le texte vis-à-vis la traduction, avec des remarques, par M. l'abbé Desfontaines. Nouvelle édition. *Paris, P. Plassan, an IV* (1796), 4 vol. in-8, veau doré sur tranches.

Gravures de Moreau et Zocchi.

157. Œuvres complètes d'Horace par ordre de production, traduction de Goupy (photographies). *Paris, Firmin-Didot frères*, 1857, in-18, demi-reliure.

158. Les Métamorphoses d'Ovide en latin et en françois, divisées en quinze livres, avec de nouvelles explications historiques, morales et politiques sur toutes les fables, chacune selon son sujet, de la traduction de M. Pierre Du-Ryer-Parisien. Édition nouvelle, enrichie de très-belles figures, à laquelle on a joint le Jugement de Pâris. *Bruxelles, chez François Foppens*, 1677, in-fol. maroquin plein, doré sur tranche. (*Anc. reliure.*)

159. Ovide. Métamorphoses en rondeaux, imprimez et enrichies de figures, par Benserade. *Paris, Imprimerie royale*, 1676, in-4, veau.

Figures de S. Leclerc.

160. Les Métamorphoses d'Ovide traduites en françois par M. Du-Ryer, de l'Académie françoise, avec de nouvelles explications à la fin de chaque fable; enrichies de figures en taille-douce. *La Haye, chez P. Gosse et F. Neaulme* 1728, 4 vol. in-12, veau.

Piqûres de vers aux premiers cahiers du tome Ier.

161. Les Œuvres galantes et amoureuses d'Ovide, contenant l'Art d'aimer, le Remède d'amour, les Epîtres et les Elégies amoureuses. *A Cythère, aux Dépens du Loisir*, 1763, 2 tomes en 1 volume petit in-12, veau plein, dos doré, tête dorée, non rogné.

162. Valerii Martialis epigrammatum Libri. *Lutetiæ Parisiorum, Joseph Barbou*, 1754, 2 vol. in-12, veau, fil. tr. dor.

Frontispice. Têtes de page.

163. Épigrammes de M. Val. Martial, latines et françaises, nouvelle traduction (dite des militaires). *A Paphos, de l'imprimerie des Amours, s. d.* 3 vol. in-8, brochés.

164. Toutes les Épigrammes de Martial, en latin et en français, distribuées dans un nouvel ordre, publiées par M. B***. *Paris*, 1842, 3 vol. in-8, cartonnés non rognés.

POÈTES FRANÇAIS.

165. MÉLUSINE, par Jean d'Arras, nouvelle édition, avec une préface par Ch. Brunet. *Paris, Janet*, 1854, in-12, cart. en percaline non rog.

166. Les Poésies de Guillaume Coquillart, official de l'église de Reims. *Paris, Coustelier*, 1723, 1 vol. in-12, veau.

167. Le Débat de deux demoiselles, l'une nommée la Noyre et l'autre la Tannée, suivi de la Vie de saint Hareng, etc. *Paris*, 1825, 1 vol. in-8, cartonné non rogné.

168. Œuvres de Clément Marot, nouvelle édition, par M. P^re R^e Auguis. *Paris, Constant Chantpie*, 1823, portrait, 5 vol. in-12, cartonnés non rognés.

169. Le Grant Testament Villon et le petit, son codicile, etc. *Imprimé à Paris, chez Jehan Treperel* (réimpression gothique à Lille, par Baillieu), 1869, 1 vol. in-12, cartonné non rogné.

170. La Fontaine des amoureux de la science, composée par Jehan de la Fontaine, poëme hermétique, publié par Ach. Genty. *Paris, Poulet-Malassis et De Broise*, 1861, in-18 carré, cartonné, non rogné.

171. Les Chansons folâtres et récréatives de Gaultier Garguille, comédien ordinaire de l'hostel de Bourgogne. *Paris, Claudin*, 1868, in-18, cartonné, non rogné.

172. Œuvres de maistre François Villon, corrigées et augmentées d'après plusieurs monuments qui n'étaient pas connus, etc., par J.-H.-M. Prompsault. *Paris*, 1635, in-8, demi-reliure.

173. La Fontaine et tous les Fabulistes, ou la Fontaine comparé avec ses modèles et ses imitateurs. Nouvelle édition, par M. N.-S. Guillon. *Paris, Stoupe*, 1803, 2 vol. in-8 brochés.

174. Fables inédites des treizième et quatorzième siècles, rapprochées de celles de la Fontaine et de tous les auteurs qui avaient avant lui traité les mêmes sujets, précédées d'une Notice sur les fabulistes, par Robert, ornées d'un portrait de la Fontaine, de 90 gravures en taille-douce et de 4 fac-simile. *Paris*, 1825, 2 fort vol. in-8, brochés.

175. CONTES ET NOUVELLES en vers, par Jean de la Fontaine. *Paris, Leclère*, 1861, 2 vol. in-8, vignettes. — CONTES ET NOUVELLES en vers, par Voltaire, Vergier, Sénecé, Perrault, Moncrif et le P. Ducerceau. *Paris, Leclère*, 1862, 2 vol. in-8, vignettes. Ensemble 4 vol. in-8, brochés.

176. Poésies variées de M. de Coulanges, divisées en quatre livres, frontispice. *Paris*, 1753, 1 vol. in-12, demi-reliure.

177. La Puce de Mme Desroches, publiée par D. Jouaust. *A Paris*, 1868, in-16, br. Cabinet du bibliophile, n° 111.

178. JAQUES JAQUES. Le Faut-mourir et les excuses inutiles qu'on apporte à cette nécessité, augmenté de l'Avocat nouvellement marié, et des Pensées sur l'éternité. Le tout en vers burlesques. *Lyon*, 1712, in-12, v. br. fontispice.

179. Les Noëls bourguignons de Bernard de la Monnoye, précédés d'une notice de F. Fertiault. *Paris, Lavigne*, 1842, 1 vol. in-12, demi-reliure.
Piqué.

180. Le Conseil de Momus et la Revue de son régiment, poëme calotin. In-8, veau.
Exemplaire avec les curieuses planches du régiment de la Calotte.

181. Le Vice puni, ou Cartouche, poëme, par M. Granval le père. Nouvelle édition, augmentée de 17 figures. *Anvers et Paris*, 1760, in-8, veau.

182. La Pucelle d'Orléans, poëme héroï-comique en 18 chants. *Amsterdam*, 1757, in-18, veau.

183. La Pucelle d'Orléans, poëme héroï-comique en 18 chants, frontispice. *Genève (Cazin)*, 1777, 1 vol. in-18, maroquin rouge, doré sur tranches.

184. La Pucelle d'Orléans, poëme en 21 chants, vignettes de Duplessis-Bertaux. *Londres (Cazin)*, 1780, 2 vol. in-18, veau écaille, doré sur tranches.

185. La Colombiade, ou la Foi portée au nouveau monde, poëme. *Paris*, 1766. — Le Paradis terrestre, poëme imité de Milton, par Me Duboccage. Portrait et gravures. *Londres*, 1764, 2 part. en 1 vol. in-8, veau.

186. La Cardinade, ou les Noces de la stupidité, poëme divisé en 10 chants, par Delisle de Sales. 1765, in-8, veau.

187. Choix de poésies. — Les Cerises. — La Double Méprise. — Sélim et Sélima. — L'Heureux Jour, etc. 1 portrait, 4 gravures. *La Haye*, 1769, 1 vol. in-8, veau.

188. Irza et Marsis, poëme. — Alfonse, les Cerises, la Méprise, Sélim et Sélima, etc. 1 frontispice, 2 têtes de page, 2 culs-de-lampe d'après Eisen, gravés par Longueil. *S. l. n. d.*, petit in-8, veau.

189. Historiettes, ou Nouvelles en vers, par M. Imbert. 2° édition, revue, corrigée et augmentée par l'auteur, 1 frontispice, 1 magnifique gravure, 4 vignettes têtes de page, par Moreau. *Amsterdam et Paris, chez Delalain*, 1774, in-8, veau.

190. Œuvres complètes de Gresset. *Paris, chez Boulland*, 1824, gravures de Moreau, 3 vol. in-18, cartonnés, non rognés.

191. Le Parrain magnifique, poëme en 10 chants, ouvrage posthume de Gresset. *Paris, chez Ant.-Aug. Renouard*, 1810, gravures de Moreau, in-8, cartonné, non rogné.

Rare.

192. Grécourt. Œuvres diverses, nouv. édit. soigneusement corrigée et augm. d'un grand nombre de pièces qui n'avaient jamais été imprimées. *Luxembourg*, 1761, 4 vol. in-12, 1 portr. 3 front. et 4 fleurons d'Eisen, veau marb

193. Œuvres choisies de Grécourt. *Genève (Cazin)*, 1777, 2 vol. veau, tranches dorées.

194. Les Saisons, poëme, figures de Gravelot, vignettes de Choffard, frontispice de Leprince. *Amsterdam*, 1769, in-8, veau.

195. Idylles, par M. Berquin. *S. l. n. d.—Paris*, 1775, in-18, v. f. fil. tr. dor.

Douze figures de Marillier avant la lettre.

196. Romances, par M. Berquin, 1776, frontispice et 6 gravures d'après Marillier, gravées par Longueil, de Ghent, etc., in-12, grand papier, relié vélin vert.

197. Les A-Propos de société, ou Chansons de M. L. (Laujon). Des A-Propos de la folie, ou Chansons grotesques, grivoises. 3 frontispices, 3 gravures, 3 têtes de pages de T.-M. Moreau. 1776, 3 vol. in-12, veau.

198. Le Fond du sac, ou Restant de babioles de M. X***, frontispice et jolies vignettes en tête de pages. *A Venise, chez Pantalon Phébus*, 1780, 2 volumes en 1 volume, cartonné, non rogné.

199. Contes en vers, par M. D*** (Dupont). *Amsterdam*, 1783, 1 vol. in-12, cartonné, non rogné.

200. Les Petites Maisons du Parnasse, poëme comique, par le cousin Jacques (Beffroy de Regni). *A Bouillon*, 1783, 1 vol. in-8, demi-reliure.

201. Parny. Opuscules. *Paris (Cazin)*, 1784, 2 vol. in-12, 2 front. gr. et 4 jol. fig. veau écaille, fil. tr. dorée.

202. Œuvres de M. Léonard, 4ᵉ édition, jol. gr. de Coiny. *Paris, Prault*, 1787, 2 vol. in-18, veau, reliure anc. tr. dor.

283. Narcisse dans l'île de Vénus, poëme en 4 chants, vignettes de Saint-Aubin. *Paris, chez Lejan*, in-8, veau.

204. Les Bijoux des Neuf-Sœurs (jolies gravures de Le Barbier). *Paris, Defer de Maisonneuve*, 1790, 2 vol. in-18, veau.

205. Nouveau Chansonnier patriotique, ou Recueil de chansons, etc., etc. *Lille et Paris, an II* (1794), portraits de Robespierre et de Marat, in-16, cartonné, n. rog.

206. Narcisse dans l'île de Vénus (par Malfilâtre), 1 front., 4 gr. de Saint-Aubin, suivi du Jugement de Pâris, 1 front., 4 gr. de Morrau. *Paris, Chaigneau aîné*, 1797, pet. in-12, cartonné, n. rog.

207. L'Homme des Champs, ou les Géorgiques françaises, par Jacques Delille, figures par Guérin. *Strasbourg*, 1800, in-16, veau.

208. Mes Délassements, ou Recueil de chansons et autres pièces fugitives composées pour mes amis, par Ravrio. *Paris*, 1805, 2 vol. in-8, veau.

209. Mes Passe-temps, chansons, suivies de l'Art de la danse, poëme en 4 chants, calqué sur l'Art poétique de Boileau-Despréaux, par Jean-Étienne Despréaux, gravures avant la lettre d'après les dessins de Moreau le jeune, avec les airs notés. *Paris*, 1806, 2 vol. in-8, demi-rel.

210. Les Patins, poëme en quatre chants, gravures noires et coloriées. *Paris*, 1813, 1 vol. in-12, demi-rel.

211. Élégies rhémoises, suivies de fragments dramatiques sur la mort de Charles Iᵉʳ, roi d'Angleterre. *Paris*, 1825, in-8, br.

212. La Chasse, poëme, suivi de la traduction du Moretum de Virgile et d'une Journée à Ferney, etc., 2ᵉ édition, revue et ornée de gravures par le comte Louis de Chevigné. *Paris, Firmin-Didot*, 1830, in-8, br.

213. Némésis, par Barthélemy, 4ᵉ édition ornée de 15 gravures d'après les dessins de Raffet. *Paris, Perrotin*, 1831, 2 vol. in-8, demi-rel.

214. Les Feuilles d'automne, par Victor Hugo, 3ᵉ édition. *Paris, Eugène Renduel*, 1832, 2 vol. in-8, br.

215. Chansons de Désaugiers, précédés d'une notice par Alfred Delvau. *Paris, J. Bry aîné*, 1859, 1 vol. in-8, br. fig. dans le texte.

216. Œuvres complètes de P.-J. de Béranger, édition unique revue par l'auteur, ornée de 104 vignettes en taille-douce dessinées par les peintres les plus célèbres — Chansons et musique, on y a joint un autographe de Béranger. *Paris, Perrotin*, 5 vol. in-8, demi-rel.

217. Les Grands Vins de Bordeaux, poëme, par M. P. Biarney, gravures de Pauquet. *Paris*, 1849, in-8, br.

218. Francs P*** (les), poëme en quatre chants, précédé d'un aperçu historique sur la société des Francs P., fondée à Caen dans la première partie du XVIIIᵉ siècle et suivi de notes historiques, philosophiques et littéraires. *Caen, chez Poisson*, 1853, in-18, cartonné.

219. Charles Monselet. Les Vignes du Seigneur. *Paris, Victor Lecou*, 1854, imprimé en rouge, in-18, cartonné, n. rog.

220. Les Poésies de Théodore de Banville, 1841-1854. *Paris, Poulet-Malassis et de Broise*, 1857, in-12, demi-rel.

221. Les Guêpes gauloises, petite encyclopédie des meilleures épigrammes, depuis Clément Marot jusqu'à nos jours, par Claude Sauvage. *Paris*, 1859, in-12, br.

222. A la Grande Pinte, poésies d'Auguste de Châtillon, avec une préface de Théophile Gautier. *Paris, Poulet-Malassis*, 1860, in-12, br.

223. Contes rémois. *Paris, Firmin-Didot fr.*, 1839, 1 vol. in-12, lavé, encollé, cartonné, n. rog.
Première édition des Contes rémois de M. le comte de Chevigné.

224. Les Contes rémois, par M. le comte Louis de Chevigné, dessins de L. Meissonier, 4ᵉ édition. *Paris*, 1861, in-12, cartonné, n. rog. 2ᵉ édition, avec les dessins de Meissonier.

225. Les Contes rémois, par M. le comte Louis de Chevigné, dessins de L. Meissonier, 5ᵉ édition. *Paris, Michel Lévy*, 1861, in-8, br.

226. Henry Murger. Les Nuits d'hiver, poésies complètes, suivies d'études sur Henry Murger par MM. Jules Janin, Théophile Gautier et autres, etc. *Paris*, 1861, 1 vol. in-12, br.

227. Ombres et Vieux Murs, par Auguste Vitu. *Paris, Poulet-Malassis et de Broise*, in-12, br.

228. Émeraude, par Alexandre Weil. *Paris, Poulet-Malassis et de Broise*, in-12, br.

229. La Muse pariétaire et la Muse foraine, ou les Chansons des rues depuis 15 ans, par C. N. *Paris, Jules Gay*, 1862-1865, in-8, cartonné n. rog.

230. Anthologie de l'amour, par Quitard. *Paris*, 1862, in-12, demi-rel. n. rog.

231. Chez Victor Hugo, par un passant, avec 12 eaux-fortes, par M. Maxime Lalanne. *Paris*, 1864, in-8, cartonné, n. rog.

232. La Pucelle d'Orléans, poëme en 21 chants, par Voltaire, édition ornée de figures gravées par Duplessis-Bertaux. *Paris, Leclère*, 1865, édition imprimée à 50 exemplaires, 2 vol. grand in-8, br.

Portrait, frontispice, gravure et eau-forte.

233. Camées parisiens, par Théodore de Banville, front. *Paris, René Pincebourde*, 1866-1873, 3 vol. in-12, br.

234. Alfred Delvau. Les Sonneurs de sonnets, 1840-1866. *Paris*, 1867, 1 vol. in-18, cartonné, n. rog.

235. Les Exilés, par Théodore de Banville. *Paris, Alph. Lemerre*, 1867, br. n. coup.

236. Sonnets et Eaux-fortes, *Alph. Lemerre*, 1869, in-4, toile.

Tiré à 350 exemplaires; les planches ont été détruites après le tirage.

237. Les Fleurs du mal, par Charles Baudelaire, précédées d'une notice par Théophile Gautier, 3e édition, portrait par Bracquemont. *Paris*, 1869, in-12, cartonné n. rog.

238. Charles Monselet. Les Créanciers, œuvre de vengeance, avec une cruelle eau-forte d'Emile Benasset. *Paris*, 1870, in-8, br. exemplaire en vergé de Hollande 1er choix, eau-forte en 3 couleurs.

239. La Rapinéide, ou l'Atelier, poëme burlesco-comico-tragique en 7 chants, par un ancien Rapin. *Paris*, 1870, in-8, br. figures.

240. Le Parnassiculet contemporain, recueil de vers nouveaux, précédé de l'Hôtel du Dragon-Bleu et orné d'une très-étrange eau-forte. *Paris, librairie centrale*, 1872, in-12, cart. n. rogn.

Exemplaire papier couleur, eau-forte sous trois états.

241. Parnassiculet (le) contemporain, recueil de vers nouveaux, précédé de l'Hôtel du Dragon-Bleu et orné d'une très-étrange eau-forte. *Paris*, 1872, in-12.

242. Théophile Gautier. Émaux et Camées, édition définitive, eau-forte de Bracquemont. *Paris*, 1872, in-12, br.

POÈTES ÉTRANGERS.

243. Dante hérétique, révolutionnaire et socialiste, révélations d'un catholique sur le moyen âge, par E. Aroux. *Paris*, 1854, in-8, cart.

244. Jérusalem délivrée, poëme du Tasse. Nouvelle traduction illustrée de vignettes, culs-de-lampe et figures de Gravelot. *Paris, Musier*, 1774, 2 vol. in-8, veau racine, tranches dor.

245. Zacharie. Les Quatre Parties du jour, poëme traduit de l'allemand. *Paris, Musier*, 1769, pet. in-8, demi-rel. lavé encollé.

Volume orné de figures et de vignettes à mi-page d'Eisen.

246. Les Saisons, poëme traduit de l'anglais de Thompson, avec gravures de Branchard, dessinées par Binet. *Imprimerie Patris*, 1795, in-12, demi-rel. dor. sur tr.

247. Les Nuits d'Young, traduites de l'anglais par M. le Tourneur, 2e édition. *Paris*, 1769, 4 vol. in-8, portrait et gravures, veau.

THÉATRE.

248. Les Origines du théâtre antique et du théâtre moderne, ou Histoire du génie dramatique, depuis le Ier jusqu'au XVIe siècle, par Charles Magnin. *Paris*, 1868, in-8, br.

249. Œuvres complètes de Molière, précédées d'un précis sur l'histoire du théâtre en France, illustré du portrait de Molière par Coypel, et de 32 dessins de Moreau jeune. *Paris, Charpentier*, 1869, 3 vol. in-12, br. n. coup.

250. LE THÉATRE DE J.-B. POQUELIN DE MOLIÈRE, collationné minutieusement sur les premières éditions et sur celles des années 1666, 1674 et 1682, orné de vignettes gravées à l'eau-forte d'après les compositions de différents artistes par Frédéric Hillemacher. *Lyon, N. Scheuring*, 1864-1870, 8 vol. in-8, papier teinté, br. n. coup. neufs. — La Cérémonie du malade imaginaire, supplément indis-

pensable, publiée par Hillemacher dans le même format et sur tous les papiers de Molière, plaquette de 23 pages, avec une figure de Hillemacher. Petit papier teinté, 3ᵉ édition, 1870. — Galerie historique des portraits des comédiens de la troupe de Molière, gravés à l'eau-forte sur les documents authentiques, par Frédéric Hillemacher, avec des détails bibliographiques, etc., 2ᵉ édition. *Lyon, N. Scheuring*, 1869, 1 vol. in-8, petit papier teinté, br. n. coup.

251. Gravures pour Molière. — Suite de figures d'après Boucher, gravées à l'eau-forte, publiées par Alphonse Lemerre. 1 frontispice, 1 portrait, 33 gravures, ensemble 35 pièces.

Tirage grand format avec la lettre, sur papier de Hollande.

— Molière. Suite de gravures d'après Moreau le jeune, gravées par Simonnet et autres. *Paris, Renouard*, 31 gravures, tirage sur chine, sur papier fort format in-4.

252. Parades inédites de Collé, *Hambourg et Paris*, 1864, 1 vol. pet. in-12, cart. pap. de Hollande.

253. Mercier. Du Théâtre, ou Nouvel Essai sur l'art dramatique. *Amsterdam*, 1773, 1 vol. in-8, demi-rel.

254. Œuvres dramatiques de M. Mercier. *A Amsterdam*, 1776, gravures de Marillier, 2 vol. in-8, cart.

255. Théâtre complet de M. Mercier, avec figures en taille-douce de C.-F. Fritzschius. *Amsterdam et Leyde*, 1778, 3 vol. in-8, veau.

256. Théophile Gautier. Théâtre de poche. *Paris*, 1855, in-18, br.

257. Théophile Gautier. Théâtre, mystère, comédies et ballet. *Paris*, 1852, in-12, br.

258. La Dame aux camélias, par Alexandre Dumas fils, préface de Jules Janin, illustré par Gavarni. *Paris*, 1858, gr. in-8, br.

259. La Comédie au boudoir, par Maurice de Podestat, 7 eaux-fortes et 14 vignettes sur bois. *Paris*, 1868, in-12, cart. n. rog.

260. Monselet (Charles). Les Tréteaux, avec un frontispice dessiné et gravé qar Bracquemond. *Paris, Poulet-Malassis et de Broise*, 1859, in-12, cart. n. rog. front. en noir et en bistre.

261. Les Petits Mystères de l'opéra, par Albéric Second, illustrations par Gavarni. *Paris*, 1844, in-8, demi-rel.

262. Les Souvenirs et les Regrets du vieil amateur dramatique, ou Lettres d'un oncle à son neveu sur l'ancien théâtre
français, ouvrage orné de gravures coloriées avec soin. *Paris, Alph. Leclère*, 1861, in-8, demi-rel. dos maroq. coins,
doré en tête, n. rog.

263. L'Aminte, pastorale du Tasse, imitée en vers français
par Baour de Lormian. *Paris, chez J. Klosterman*, 1 vol.
in-12, front. fleuron, gravures avant la lettre, cartonné
n. rogn.

ROMANS.

264. Les Amours de Daphnis et Chloé, nouvelle édition, avec
figures dessinées par Binet et gravées par Blanchard. *Imprimerie Patris*, 1795, pet. in-12, demi-rel.

265. Les Amours pastorales de Daphnis et Chloé, avec les
figures d'Audran et culs-de-lampe. 1795, 1 vol. in-12,
maroq. dor. sur tr.

Taché.

266. Les Amours pastorales de Daphnis et Chloé, frontispice,
fleurons et gravures par Scotin. 1795, pet. in-12, veau,
dor. sur tr.

267. Amours de Théagènes et Chariclée, histoire éthiopique.
A Genève (Cazin), 1782, 2 vol. in-18, fig. cart. n. rog.

268. Pétrone, latin et françois, traduction entière suivant
le manuscrit trouvé à Belgrade en 1688, figures. *A Amsterdam*, 1756, 2 vol. in-12, veau.

269. L'Ane d'or d'Apulée, précédé du Démon de Socrate,
nouvelle traduction par J.-A. Maury, nombreuses gravures au trait. *Paris*, 1822, 2 vol. in-8, cart. n. rog.

270. Apulée. L'Ane d'or, ou la Métamorphose, traduction
de Savalète, avec nombreuses gravures dessinées par Ra-
cinet et F. Bénard. *Paris, Firmin-Didot*, 1872, in-8, br.
n. coup.

271. Hypnérotomachie, ou Discours du songe de Poliphile,
déduisant comme amour le combat à l'occasion de Pola,
nouvellement traduit du langage italien en françois. *A Paris, pour Jacques Kerver, à la Licorne, rue St-Jacques*, 1561,
1 vol. pet. in-fol. vélin.

Plusieurs raccommodages. La figure du sacrifice s'y trouve en bon état.
Très-rare.

272. Allut (P.). Aloysia Sygea et Nicolas Chorier. *Lyon, Scheuring*, 1862, in-8, br. pap. teinté.

Tiré à 112 exemplaires.

273. Joannis Barclaii Argenis. *Norimbergæ, Arnold Engelbrecht*, 1673, in-18, fig. veau.

274. Érasme. L'Éloge de la Folie, traduction de Gueudeville, gravures d'Eisen, 1766, in-12, rel. v.

275. L'Éloge de la Folie, composé en forme de déclamation par Érasme, et traduit par M. Gueudeville, avec les notes de Gérard Listré et les belles figures de Holbein, nouvelle édition. *Amsterdam, chez François l'Honoré*, 1728, front. portraits et gravures, in-12, veau.

276. Idée d'une république heureuse, ou l'Utopie de Thomas Morus, chancelier d'Angleterre, etc., etc., par M. Gueudeville, enrichie de figures en taille-douce. *Amsterdam, chez François l'Honoré*, 1730, 1 vol. in-12, veau.

277. Les Cent Nouvelles nouvelles suivant les cent nouvelles contenant les cent histoires nouveaux qui sont moult plaisants, etc., nouvelle édition, ornée de 100 figures en taille-douce et d'un frontispice, gravures de R. de Hooge, hors texte. *A Cologne, chez Pierre Gaillard*, 1786, 4 vol. in-12, veau dor. sur tr.

278. Œuvres de Rabelais, illustrées par Gustave Doré. *Paris, Garnier, s. d.*, 2 vol. in-fol. en feuilles.

279. Les Songes drolatiques de Pantagruel, où sont contenues 120 gravures de maître François Rabelais, texte explicatif par le grand Jacques (Gabriel Richard). *Paris*, 1869, in-8, br.

280. L'Heptaméron, ou Histoire des amants fortunés des nouvelles de très-illustre et très-excellente princesse Marguerite de Valois, royne de Navarre, par Paul Gruget Parisien. *Paris, chez Jacques Bessin*, 1698, frontispice, 2 vol. in-16, veau.

Bel exemplaire.

281. L'Heptaméron, contes de la reine de Navarre. *Paris, Garnier*, in-12, demi-rel.

282. Contes et Nouvelles de Marguerite de Valois, reine de Navarre, faisant suite aux contes de J. Bocace. *A Londres*, 1784, 8 vol. in-12, tirés sur papier format in-8, br. accompagnés de 75 gravures d'après Freudeberg, gravées par Jourdan.

283. Les Contes du sieur d'Ouville, nouvelle édition. *Amsterdam*, 1732, 2 vol. in-18, demi-rel.

284. Les Aventures du baron de Fæneste, par Théodore-Agrippa d'Aubigné, nouvelle édition, annotée par Prosper Mérimée. *Paris, Jannet,* 1855, 1 vol. in-12, cart. en percal.

286. Les Amours de Psyché et de Cupidon, par M. de la Fontaine, gravure de Marillier. *A Londres (Cazin),* 1782, in-18, veau, tr. dor.

287. Les Contes de Perrault, dessins par Gustave Doré, préface par P.-J. Stahl. *Paris, Hetzel,* 1862, in-fol. cart. toile, non rog. (*Exemplaire du premier tirage.*)

288. Les Contes de Perrault, continués par Timothée Trim (Léo Lespès), illustrés par Henry de Montaut. *Paris,* 1865, 1 vol. de 72 pages in-4, br.

289. Caillières. La Logique des Amants, ou l'Amour logicien. *Paris, Thomas Jolly,* 1668, 1 vol. pet. in-12, veau.

290. Contes d'Hamilton. *Paris, Didot aîné,* 1815, 3 vol. in-18, br. coup.

291. Pluton maltôtier, nouvelle galante, frontispice. *A Cologne, chez Adrien l'Enclume,* 1708, pet. in-12, veau.

292. L'Histoire des imaginations extravagantes de M. Oufle, causées par la lecture des livres qui traitent de la magie, du grimoire, des démoniaques, sorciers, loups-garoux, etc. *Paris, Nicolas Gosselin,* 1710, 4 part. en 2 vol. in-12, veau.

293. Aventures de l'abbé de Choisy, nouvelle édition complète avec un avant-propos, par M. P. L... *Bruxelles,* 1870, 1 vol. in-12, br.
Papier de Hollande. Tiré à 150 exemplaires.

294. Montesquieu. Le Temple de Gnide. *A Paris, imprimerie de Didot jeune, an III,* pet. in-12, demi-rel., portrait, jolies gravures de Duplessis-Bertaux.

295. Les Illustres Françoises, histoires véritables. *La Haye et Neaulme,* 1731, gravures, 3 vol. in-12, veau.

296. Cahuzac (de). Grigri, histoire véritable, trad. du japonais en portugais, par Didaque Hadeczuca, etc. *A Nangazaki, l'an du monde 59,749,* 2 part. en 1 vol. in-12, veau.

297. La Mothe le Vayer. Tarsis et Zélie, nouv. édit. *Paris, Musier fils,* 1774, 3 vol. gr. in-8, 3 front. par Cochin, Moreau, Eisen, et 20 vignettes par Eisen, grav. par de Longueil, cart. n. rog.

298. L'Innocence du premier âge en France, ou Histoire amoureuse de Pierre le Long et de Blanche Bazu, suivie de la Rose (par de Sauvigny). *Paris,* 1778, in-8. cart.
Gravures et vignettes en tête des chapitres.

299. L'Écumoire, ou Tanzaï et Néardarné, histoire japonaise, par M. de Crébillon le fils. *A Pékin*, 2 tomes en 1 vol. in-18, veau.

300. Le Décaméron français, par M. d'Ussieux. *Paris, chez Brunet*, 1775, gravures, têtes de pages, culs-de-lampe, 2 vol. gr. in-8, veau.

301. Les Nouvelles françaises, par M. d'Ussieux, gravures, têtes de pages, culs-de-lampe. *Paris*, 1783, 3 vol. in-8, veau.

302. L'Abbé Prévost. Mémoires et Aventures d'un homme de qualité qui s'est retiré du monde, suivis de Manon Lescaut. *Amsterdam et Paris*, 1783, 3 vol. in-8, veau.

303. Œuvres badines et morales de M. Cazotte, nouvelle édition. *Londres, Cazin*, 1788, 7 vol. in-18, veau, gravures de Binet.

304. Cazotte. Œuvres badines et morales. *Paris*, 1817, 4 vol. in-8, port. et fig. demi-rel.

    Le Diable amoureux contient de curieuses figures gravées à l'eau-forte.

305. Choix de petits romans de différents genres, par M. L. W. D. P. *Londres, Cazin*, 1789, 2 vol, gr. veau.

306. Voyages imaginaires, Songes, Visions et Romans cabalistiques, ornés de fig. de Marillier. *Amsterdam*, 1789, 39 vol. in-8, demi-rel.

307. L'An deux mille quatre cent quarante, rêve s'il en fut jamais, suivi de l'Homme de fer, par L.-S. Mercier, gravures. *Paris*, an VII, 3 vol. in-8, demi-rel.

308. Rétif de la Bretonne. Le Pornographe, ou Idées d'un honnête homme sur un projet de règlement pour les prostituées propre à prévenir les malheurs qu'occasionne le publicisme des femmes. *Londres, J. Nourse*, 1769, 1 vol. in-8, veau.

309. La Mimographe, ou Idées d'une honnête femme pour la réformation du théâtre national (par Rétif de la Bretonne). *Amsterdam, Changuion*, 1770, in-8, demi-rel. lavé, encollé.

310. Le Paysan perverti, ou les Dangers de la ville, histoire récente, etc., par N.-L. Rétif de la Bretonne. *La Haye*, 1776, 4 tomes rel. en 2 vol. in-12, cart.

311. Rétif de la Bretonne. L'École des pères, par N. Rétif de la Bretonne. *Paris, veuve Duchêne*, 1776, 2 vol. in-8, cart.

312. Le Quadragénaire, ou l'Age de renoncer aux passions, histoire utile à plus d'un lecteur (par Rétif de la Bretonne). *Genéve*, 1777, 1 vol. in-12, veau.

Orné de très-jolies figures. Manque une gravure.

313. Les Gynographes, ou Idées de deux honnêtes femmes sur un projet de règlement proposé à toute l'Europe pour mettre les femmes à leur place, et opérer le bonheur des deux sexes, recueilli par N.-L. Rétif de la Bretonne. *A la Haye, chez Gosse et Pinet*, 1777, 2 vol. in-8, demi-rel.

314. Rétif de la Bretonne. La Malédiction paternelle, lettres sincères et véritables, etc., etc. *Leipsick*, 1780, 3 vol. in-12, veau, gr.

315. Rétif de la Bretonne. Contemporaines (les), ou Aventures des plus jolies femmes de l'âge présent. *Paris*, 1781 et années suivantes, 42 tomes rel. en 21 vol. fig. veau.

Exemplaire de la bonne édition, très-bien conservé.

316. L'Andrographe, ou Idées d'un honnête homme sur un projet de règlement proposé à toutes les nations de l'Europe pour opérer une réforme générale des mœurs, et, par elle, le bonheur du genre humain (par Rétif de la Bretonne). *La Haye, Gosse et Pinet*, 1782, 2 part. en 1 vol. in-8, veau.

317. La Paysanne pervertie, ou les Dangers de la ville; histoire d'Ursule R. *La Haye, et Paris, chez veuve Duchesne*, 1786, 4 tomes en 2 vol. cart. Une gravure en tête de chaque partie. Ensemble 8 gravures.

318. Les Parisiennes, ou 40 Caractères généraux pris dans les mœurs actuelles, propres à servir à l'instruction des personnes du sexe, par Rétif de la Bretonne. *A Neuchâtel*, 1787, 4 vol. in-12, demi-rel. gr.

Manque la 1re gravure du 1er volume.

319. Le Thesmographe, ou Idées d'un honnête homme sur un projet de règlement proposé à toutes les nations de l'Europe pour opérer une réforme générale des lois, par Rétif de la Bretonne. *La Haye, chez Gosse junior et Changuion*, 1789, 2 parties en 1 volume in-8, demi-rel.

320. Rétif de la Bretonne. La Découverte australe par un homme volant, ou le Dédale français. Nouvelle philosophique, etc. *Imprimé à Leipsick*, 4 tomes en 2 vol. in-12, demi-rel. gravures et fleurons.

Trois feuilles manuscrites.

321. Zélomir, par Morel (Vindé). *Paris, imprimerie de Didot aîné*, 1801, gravures de Lefebvre, 1 vol. in-12, cart. n. rog.

322. Propos de table, suivis des Contes pour la veillée et de Fables nouvelles, par de M*** (Montbrison). *Paris, Goujon*, 1807, 1 vol. in-8, demi-rel.

323. Lourdoueix (de). Les Folies du siècle, roman philosophique. *Paris*, 1818, in-8, demi-rel.

Orné de sept caricatures au trait.

324. Le Diable peint par lui-même, ou Galerie de petits romans, de contes bizarres, d'anecdotes prodigieuses, extrait et traduit par J.-A.-S. Collin de Plancy, frontispice. *Paris*, 1819, in-8, demi-rel.

325. O. G. (anonyme), par Victor Vignon, dit le petit-fils de Rétif de la Bretonne. *Paris, chez Hubert et Locard et Davi*, 1824, 1 vol. in-12, demi-rel.

Voir Rétif de la Bretonne, par Charles Monselet.

326. Contes domestiques, par Champfleury. *Paris, Victor Lecou*, 1852, in-12, br.

327. Six mois de la vie d'un jeune homme, par Viollet-le-Duc. *Paris, Jannet*, 1853, in-12, cart. percaline.

328. Champfleury. Contes d'été. — Souffrances du professeur Delteil. — Les Trios des Chenizelles. — Les Ragotins. *Paris, Victor Lecou*, 1853, 1 vol. in-12, demi-rel.

329. Les Contes drolatiques, colligez ez abbayes de Touraine, et mis en lumière par le sieur de Balzac, 6ᵉ édition, illustrée de 125 dessins par Gustave Doré. *Paris*, pet. in-8, toile.

330. Théophile Gautier. Un Trio de romans. *Paris, Victor Lecou, s. d.*, in-12, br.

331. Esquisses parisiennes, scènes de la vie, par Théodore de Banville. *Paris, Poulet-Malassis et de Broise*, in-12, br.

332. Les Payens innocents, nouvelles, par Hippolyte Babou. *Paris, Poulet-Malassis et de Broise*, in-12, br.

333. Contes de Charles Nodier, illustrés de gravures sur acier par Tony Johannot, 2ᵉ édition. *Paris, Hetzel, s. d.*, 2 vol. in-12, cart. n. rog.

334. Le Malheur d'Henriette Gérard, par Duranty, avec quatre eaux-fortes d'Alphonse Legros. *Paris, Poulet-Malassis et de Broise*, 1860, in-12, demi-rel.

335. Les Derniers Contes de Jean de Falaise. *Paris, Poulet-Malassis et de Broise*, 1860, in-12, br.

336. Monsieur de Boisd'hyver, avec quatre eaux-fortes dessinées et gravées par Armand Gautier. *Paris, Poulet-Malassis*, 1861, in-12, br.

337. Champfleury. La Succession Le Camus, frontispice de Bonvin. — Les Amis de la nature, frontispice par Bracquemond. *Paris, Poulet-Malassis*, 1861, in-12, br.

338. Monselet (Ch). Les Galanteries du xviii° siècle. *Paris, Lévy*, 1862, 1 vol. in-12, demi-rel. mar. r.
Épuisé. Contenant une notice très-détaillée sur tous les romans galants.

339. Primerose, par M.. L de V...DÉ. *Paris, Leclère fils*, 1863, gravures de Lefebvre avant la lettre, 1 vol. pet. in-12, papier fort, tiré à 100 exemplaires, n° 27, veau plein, dos doré, tr. dorées.

340. Théophile Gautier. Celle-ci et Celle-là. *Paris, Didier*, 1863, in-18, cart. n. rog.

341. Les Drames du mariage, par Benjamin Gastineau. *Paris*, 1865, in-12, br.

342. La Comtesse de Ponthieu, romans de chevalerie inédit, publié avec introduction et traduction par Alfred Delvau. *Paris, Bachelin*, 1865, impression gothique, tiré à 150 exemplaires.

343. Champfleury. Monsieur Tringle, avec une carte du théâtre des événements. *Paris*, 1866, 1 vol. in-18, br.

344. Théophile Gautier. Le Capitaine Fracasse, illustré de 60 dessins de Gustave Doré. *Paris, Dentu*, 1866, gr. in-8, demi-rel.

345. Le Roman de la chair, par Jean Dolent, 100 dessins par Hadol. *Paris, F. Cournol*, 1866, in-12, br.

346. Gaspard de la Nuit, fantaisies à la manière de Rembrandt et de Callot, par Louis Bertrand, nouvelle édition, augmentée de pièces en prose et en vers et d'une introduction par Ch. Asselineau. *Paris, R. Pincebourde*, 1868, in-8, cart. n. rog.
Eau-forte de Rops, papier de Hollande.

347. Circé, par Jules Janin. *Paris, Ach. Faure*, 1867, 1 vol. in-12, br.

348. Théophile Gautier. La Belle Jenny. *Paris*, 1865, in-12, br.

349. La Légende et les Aventures héroïques et glorieuses d'Ulenspiegle et de Lamme Gœdzak, au pays de Flandres

et ailleurs, par Ch. de Coster, ouvrage illustré de 32 eaux-fortes inédites, 2ᵉ édition. *Paris*, 1869, in-4, cart. n. rog.

350. J.-V.-F. Liber. Les Pantagruéliques, contes du pays rémois, 3ᵉ édition, *J. Gay et fils*, 1871, in-12, papier vélin anglais, cart. n. rog.

351. Théophile Gautier. Les Jeune-France, romans goguenards. *Paris*, 1873, in-12, broché.

352. Balzac. Œuvres complètes, avec vignettes de Tony Johannot, Meissonnier, Gavarni, Henri Monier, etc. *Paris, Houssiaux*, 20 vol. in-8, brochés, coupés.

Le 3ᵉ volume a quelques feuillets mouillés.

---

353. Contes de Boccace, traduction nouvelle, augmentée de divers contes et nouvelles en vers imités de ce poëte célèbre par la Fontaine, Passerat, Vergier, Perrault, Dorat et autres, etc., par A. Sabatier de Castres. *Paris, chez Poncelin, an X* (1801), 11 volumes in-8, veau, frontispices et gravures de Gravelot.

Bel exemplaire, bonnes épreuves.

354. Nouvelles de Jean Boccace, traduction libre par Mirabeau. *Paris*, 1802, 4 tom. en 2 vol. in-8, veau.

Édition ornée de jolies figures de Marillier.

355. Conte (le) du tonneau, contenant tout ce que les arts et les sciences ont de plus sublime et de plus mystérieux, avec plusieurs autres pièces très-curieuses, par Jonathan Swift ; nouvelle édition, ornée de figures en taille-douce et augmentée d'un troisième volume. *A Lausanne et à Genève, chez Marc-Mich. Bousquet*, 1756, 3 vol. in-12, veau.

356. La Vie et les Aventures surprenantes de Robinson Crusoé. *Londres (Cazin)*, 1784, gravures par B. Picart, 4 volumes, veau doré sur tranches.

357. Voyages du capitaine Gulliver en divers pays éloignés (trad. de l'anglais de Swift). *La Haye*, 1778, figures, 3 tomes en 2 volumes in-12, veau.

358. GULLIVER (LES QUATRE VOYAGES DE), publiés en quatre fascicules. Traduction de l'abbé Desfontaines, revue et complétée et précédée d'une notice par H. Reynald, professeur à la Faculté d'Aix. Neuf eaux-fortes par Lalauze, papier de Hollande, 2 vol. in-12, cartonnés, non rognés.

On a ajouté la suite de Lefebvre gravée par L.-J. Masquelier.

359. Les Visions de dom Francisco de Quevedo Villegas, chevalier de l'ordre de Saint-Jacques, traduit de l'espagnol en français par le sieur de la Geneste. *A Troyes, chez V*ᵉ *Jacques Oudot*, in-12, cartonné.

360. Aventures du docteur Faust et sa descente aux enfers, traduction de l'allemand (de F.-M.-H. Klinger). *Rheims, Lequeux et C*ᵉ, 1802, 2 tomes en 1 volume in-12, cartonné.
Très-rare.

361. Gœthe. Les Souffrances du jeune Werther, traduites par le comte de la Bédollière. *Paris, imprimerie Crapelet*, 1845, in-8, cartonné, non rogné.
On a ajouté la belle suite avant la lettre de Moreau, et les eaux-fortes de Tony Johannot.

362. Lettres d'une femme du quatorzième siècle, traduites de l'allemand (de Paul Stetten), ornées de 11 belles gravures. *Amsterdam et Paris*, 1788, in-12, maroquin doré sur tranches.

CRITIQUE LITTÉRAIRE, SATIRES, FACÉTIES, DIALOGUES.

363. Atlas historique et chronologique des littératures anciennes et modernes, des sciences et des beaux-arts, d'après la méthode et sur le plan de l'atlas de A. Lesage (comte de Las Cases), par A. Jarry de Mancy. *Paris, Jules Renouard*, in-fol. broché.

364. Mémoires historiques, littéraires et critiques de Bachaumont, depuis l'année 1762 jusqu'en 1788, par J.-T. M...e (Merle). *Paris*, 1805, 2 vol. in-8, demi-reliure.

365. Mémoires historiques, littéraires et critiques de Bachaumont, depuis l'année 1762 jusqu'en 1788, par J.-T. M... (Merle). *Paris*, 1808, 2 vol. in-8, cartonné.

366. Le Fond du sac renouvelé, ou Bigarrures et Passe-Temps critiques de l'Aristénète français (par Nogaret). *Paris, an XIII* (1805), 3 vol. in-32, cartonnés, non rognés.

367. Loisirs d'un ancien magistrat, par le vicomte de Villiers du Terrage. *Paris*, 1834, 1 vol. in-8, gravures de Tony Johannot avant la lettre, demi-reliure.

368. Théophile Gautier. Les Grotesques. *Paris*, 1853, in-12, broché.

369. Théophile Gautier. Ménagerie intime. *Paris, Alph. Lemerre*, 1869, in-12, broché, papier teinté.

370. Monselet (Ch.). La Lorgnette littéraire. *Poulet-Malassis*, 1859, 2ᵉ édition in-12, demi-reliure, non rogné.

371. Monselet (Ch.). Les Oubliés et les Dédaignés, figures littéraires de la fin du XVIIIᵉ siècle, Linguet, Mercier, Cubières, Olympe de Gouges, Grimod de la Reynière. *Paris, Poulet-Malassis*, 1859, 1 vol. in-12, demi-veau.

372. Le Paradis des gens de lettres, selon ce qui a été vu et entendu, par Charles Asselineau, eau-forte. *Paris, Poulet-Malassis*, 1862, in-18, cartonné non rogné.

373. La Petite Revue. *Paris, R. Pincebourde*, 14 novembre 1863 au 10 novembre 1866, 12 tomes petit in-8, brochés.

374. Le Moyen de parvenir, œuvre contenant la raison de ce qui a esté, est et sera, etc., par Béroalde de Verville, vignettes en tête des chapitres. *Paris, Léon Willem*, 1870, 2 vol. in-12, cartonné non rogné.

375. Bonaventure des Périers. Cymbalum Mundi, ou Dialogues satiriques sur différents sujets, avec une lettre critique par P. Marchand. *Amsterdam (Paris)*, 1732, 1 vol. pet. in-12, fig. de B. Picart, veau.

376. Histoire de Pierre de Montmaur, par de Sallengre. *La Haye*, 1715, 2 vol. in-12, figures, veau.

377. Mémoires de l'Académie des sciences, inscriptions, belles-lettres, beaux-arts, ci-devant établie à Troyes en Champagne. 1768, 1 vol. in-12, demi-reliure.

378. Le Chef-d'OEuvre d'un inconnu, par le docteur Chrisostome Matanasius, 6ᵉ édit. portraits et planches. *La Haye, chez Pierre Husson*, 1732, 2 tomes en 1 volume petit in-12, veau.

379. Éloge de l'Enfer, ouvrage critique, historique et moral, nombreuses gravures. *A la Haye*, 1759, 2 vol. in-12, veau.

380. Encyclopediana, Recueil d'anecdotes anciennes, modernes et contemporaines, nouvelle édition illustrée de vignettes dans le texte. *Paris*, 1857, 1 tome en 3 vol. in-8, cartonnés.

381. Collection d'Ana. — Santoliana, ouvrage qui contient la vie de Santeuil, etc., par M. Denouart. *Paris*, 1764. — Panagiana, par de Prémonval. *La Haye*, 1751. — Voltariana. *Paris*, 1748, 2 vol. — Bolæana, ou Bons Mots de M. Boileau. *Amsterdam*, 1742. — Scaligerana, Thuana, Perroniana, Pithæana et Colomesiana. *Amsterdam*, 1740, 2 vol. — Ducatiana (par M. Formey). *Amsterdam*, 1738,

2 vol. — Plagiairiana (par S.-N. Prieur de Saint-Yon).
Amsterdam, 1735. — Carpenteriana. *Paris*, 1724. — Me-
nagiana. *Paris*, 1715, 4 vol.— Valesiana. *Amsterdam*, 1694.
— Arlequiniana. *Paris*, 1694. — Ens. 15 vol. in-12, v.
antiq.

382. Predicatoriana, ou Révélations singulières sur les pré-
dicateurs, etc., par G.-P. Philomneste (Peignot). *Dijon*,
1841, in-8, broché.

383. Monacologie, illustrée de figures sur bois. *Paris, Paulin*,
1844, in-12, demi-veau.

384. Le Livre sans queue ni tête, par Hippolyte de Vivès.
Paris, 1853, 2 vol. in-12, cartonnés, non rognés.

385. Correspondance philosophique de Caillot-Duval, rédigée d'après les pièces originales et publiée par une société
de littérateurs lorrains. *Nancy*, 1795, in-8, demi-reliure.

386. Bibliothèque facétieuse, historique et singulière, ou
réimpression de pièces curieuses. *Paris, Claudin*, 1868,
in-18, cartonné, pas rogné.

387. Recueil de pièces rares et facétieuses, anciennes et modernes, en vers et en prose, remises en lumière pour l'esbattement des pantagruélistes, etc. *Paris, Barraud*, 1872,
4 volumes grand in-12, gravures, cartonné, non rogné.

Tiré à 300 exemplaires. — On a joint au 4e volume plusieurs pièces rares.

388. Pièces désopilantes recueillies pour l'esbattement de
quelques pantagruélistes. *A Paris, près Charenton, chez un
libraire qui n'est pas triste*, 1860, 1 vol. in-18, cartonné,
papier de Hollande.

389. Les Évangiles des quenouilles, nouvelle édition. *Paris,
Jannet*, 1855, 1 vol. in-12, cartonné en percaline.

390. L'Art de désopiler la rate. Sive de modo C... prudenter
en prenant, etc., etc., nouvelle édition. *A Venise, chez
Antonio Pasquinetti*, 178875, 2 volumes en 1 volume in-12,
cart.

391. L'Art de p***, Essai théori-physique et méthodique. *En
Westphalie*, in-8. — Description de six espèces de p***, ou
six raisons pour se conserver la santé. *Troyes*, in-8 de
15 pages. — Ensemble 1 volume petit in-8, gravure, cartonné, non rogné.

392. Le Triumphe de haulte et puissante dame Vér... et le
Pourpoint fermant à boutons, nouvelle édition complète
avec une préface et un glossaire par M. Anatole de Montai-
glon, et fac-simile des bois du Triumphe par Adam Pi-
linski. *Paris, Willem*, 1871, pet. in-8, cartonné, non rogné.

393. Les Étrennes de la Saint-Jean, troisième édition (par le comte de Maurepas, le président de Montesquieu, le comte de Caylus, Moncrif, Crébillon fils, Sallé, de la Chaussée, Duclos, d'Armenonville et l'abbé de Voisenon). *Troyes, chez la veuve Oudot*, 1751, in-12, veau.

394. Ami (l') des femmes, par Boudier de Villemert. *Paris, Quay des Grands-Augustins*, 1758, in-12, maroquin.

395. Les Quinze Joyes du mariage, 2ᵉ édition. *Paris, chez P. Jannet*, 1867, in-12, toile.

396. La Seizième Joye de mariage, publiée pour la première fois. *Paris, Académie des bibliophiles*, 1866, in-16 de 32 pages.

397. Manuel des oisifs, contenant 700 folies et plus, avec des notes que plusieurs ont oubliées et que beaucoup ignorent, par le Doyen des sages. *Imprimerie des Quinze-Vingts, chez Œdipe, au Sphinx. Paris*, 1786, 2 vol. in-8 en un seul volume, veau.

398. Voyage de Paris à Saint-Cloud par mer, et Retour de Saint-Cloud à Paris par terre, 4ᵉ édition, revûe et augmentée, avec une carte, etc., etc. *Paris, chez Duchesne*, 1754 (réimpression en 1815), in-12, pap. de Hollande, broché.

399. Les Colloques d'Érasme, ouvrage très-intéressant par la diversité des sujets, nouvelle traduction par M. Gueudeville, avec des notes et des figures très-ingénieuses en tête de chaque chapitre, frontispice. *A Leide*, 1720, 6 tomes en 3 volumes, cartonnés.

400. Propos rustiques , Baliverneries, Contes et Discours d'Eutrapel, etc., par Noel du Fail. *Paris, Gosselin*, 1842, in-12, broché.

401. Lamothe le Vayer. Hexaméron rustique, ou les Six Journées passées à la campagne entre des personnes studieuses. *A Cologne, par Pierre Brunissen*, 1661, 1 vol. in-12, vélin.

POLYGRAPHES ET COLLECTIONS.

402. Œuvres complètes de la Fontaine, accompagnées d'une histoire de la vie et des ouvrages de la Fontaine, par Walckenaer, ornée de 120 gravures d'après les dessins de Desenne-Chaudet, etc. *Paris, chez A. Neveu*, 1820, 18 vol. in-18, cart. n. rog.

On a joint, en 3 volumes, 268 gravures de l'édition de Simon et Coiny pour les fables, plus 2 gravures pour Adonis, 6 pour Psyché par Moreau. Ensemble 21 volumes.

403. Œuvres de Fréret. *Paris, Jean Servière et J.-F. Bas-
tien,* 4 vol. in-8, demi-rel.

404. Œuvres d'Évariste Parny. *Paris, chez Debray,* 1808,
5 vol. in-12, br.

405. Collection complète des œuvres de J.-J. Rousseau,
citoyen de Genève. *Genève,* 1782-1784, 17 vol. in-4,
demi-rel. 39 gravures de Moreau le jeune et Le Barbier,
avant et avec la lettre.

Au dixième volume manquent les pages 393-400. Les figures sont complètes.

406. Œuvres de J.-J. Rousseau. *Paris, Jarnery,* 1828, 24 vol.
in-12, cart.

407. Piron (Alexis). Œuvres inédites (prose et vers) accompagnées de lettres également inédites adressées à Piron,
par Mlles Quinault et de Bar, publiées avec des notes par
Honoré Bonhomme. *Paris, Poulet-Malassis,* 1859, 1 vol.
in-8, br. n. coup.

408. Œuvres de Palissot, nouvelle édition, revue et corrigée.
Paris, imprimerie de Monsieur, 1708, 4 vol. in-8, veau,
portrait et gravures.

409. Œuvres de Voltaire, nouvelle édition, avec des notes et
des observations critiques rédigées par M. Palissot. *Paris,
Stoupe et Servière,* 1792, 55 vol. in-8, demi-rel.

On a joint la suite des gravures de Déveria et Chasselot, portrait de Latour;
ensemble 101 gravures.

410. Œuvres de Salomon Gessner. *Paris, chez Ant.-Aug.
Renouard,* 1795, 4 tomes reliés en 2 vol. in-12, portraits
et gravures, demi-rel.

411. MONSELET (Ch.). Œuvres diverses. *Paris,* 1852-66, ens.
9 vol. in-12, br.

Chanvallon. Histoire d'un souffleur de la Comédie française, 1852. (*Gravure.*)
— Statues et statuettes contemporaines, 1852. — Monsieur Cupidon, 1858.
— Théâtre de Figaro, 1861. — Les Originaux du siècle dernier, 1862. — L'Argent maudit, 1863. — Les Plaisirs de l'amour, 1865. — De Montmartre à Sé-
ville, 1865. — Portrait après décès, 1866.

412. DELVAU. Œuvres diverses, 1865-1867, 7 vol. in-12, rel.
et br.

Françoise. — Les Amours buissonnières. — Mémoires d'une honnête fille.
— Du Pont des Arts au Pont de Kehl. — Lettres de Junius. — Le Fumier
d'Ennius. — A la Porte du paradis.

413. COLLECTION CAZIN. *Genève et Londres,* 1777-1791, ens.
55 vol. in-18, v. antiq. fil. tr. dor.

Œuvres complètes de Vadé, 1777, 4 vol. — Œuvres choisies de J.-B. Rousseau, 1777, 2 vol. (*Portrait.*) — Poëmes, Épitres et autres Poésies de M. de

Voltaire, 1779. (*Portrait.*) — OEuvres de Vergier, 1780, 3 vol. (*Portrait.*) — Poésies satiriques du XVIIIe siècle, 1782, 2 vol. (*Frontispice gr.*) — Mélanges de poésies, 1782. (*Tirées à 60 exemplaires.*) — Recueil de poésies fugitives et contes nouveaux, 1784. — Poésies de Dorat, 1787. (*Portrait.*) 4 vol. — Vie du chevalier de Faublas, 1691, 7 vol. — BIBLIOTHÈQUE AMUSANTE, 30 vol.

414. Cazin. Sa Vie et ses Éditions, par un Cazinophile. *Cazinopolis*, 1863, 1 vol. in-12, tirage gr. in-8, pap. de Hollande, cart. n. rog.

415. BIBLIOTHÈQUE DES DAMES. *Paris*, 1820, 152 vol. in-18, veau dor. sur tr.

416. Bibliothèque de poche, publiée par E. Lalanne. *Paris, Paulin et Delahaye*, 1845, 25 vol. gr. in-8, br.

417. BIBLIOTHÈQUE GAULOISE. *Paris, Adolphe Delahaye*, 1858-59, 18 vol. in-12 carré, br. (*Exemplaires en* PAPIER VÉLIN.)

Chronique de la Pucelle. — Olivier Basselin et Jean le Houx. — Histoire amoureuse des Gaules. — La Farce de Me Pierre Pathelin. — La Fontaine, Contes et Nouvelles. — OEuvres de Ph. Desportes. — Scarron. Le Virgile travesti. — Paris ridicule au XVIIIe siècle. — Histoire comique de Francion. — OEuvres de Tabarin. — Desperiers. Le Cymbalum mundi. — OEuvres de Regnier. — Le Livre des proverbes français. — OEuvres comiques de Cyrano de Bergerac. — Aventures de Dassouey.

418. Bibliothèque originale. — Correspondance intime de l'armée d'Égypte. — La Vérité sur la mort d'Alexandre le Grand, par E. Littré. — La Mort de Jules César, par Nicolas de Damas. — Les Mystifications de Caillot-Duval, par Lorédan Larchey. — Béranger et son temps, par Jules Janin. — Pétrus Borel le Lycanthrope, par Jules Claretie. — L'Histoire du sieur abbé, comte de Bucquoy, singulièrement son évasion du Fort-Lévêque et de la Bastille. — Fréron, ou l'Illustre Critique, par Charles Monselet. *Paris, Pincebourde*, 1854-56, 8 vol. in-12 carré, cart. n. rog.

419. Collection complète du bibliophile français. *Paris, Bachelin-Deflorenne*, 12 vol. in-12, demi-rel.

Contient : *Hégésippe Moreau*. Documents inédits, par Armand Lebailly. Eau-forte par G. Staal. — *Œuvres inédites* d'Hégésippe Moreau. Introduction et notes par Armand Lebailly. Eau-forte par G. Staal, 1 vol. — *Madame de Lamartine*, par Armand Lebailly. Eau-forte par G. Staal. — *Lamennais*, sa vie intime à La Chênaie, par J.-Marie Peigné. Eau-forte par G. Staal. — *La Lisette de Béranger*, par Thalès Bernard. Eau-forte par G. Staal. — *Rouget de Lisle et la Marseillaise*, par Poisle-Desgrange. Eau-forte de G. Staal. — *Élisa Mercœur, Dovalle*, etc., par Jules Claretie. Eau-forte par Staal. — *Gérard de Nerval*, sa vie et ses œuvres, par Alfred Delvau. Eau-forte par G. Staal. — *Henry Murger et la Bohème*, par A. Delvau. Eau-forte par G. Staal. — *Méry*, sa vie intime, anecdotique et littéraire, par G. Claudin. Eau-forte par G. Staal. — *Alfred de Vigny*. Etude par A. France. 1 vol. Eau-forte par G. Staal. — *Madame de Girardin* (Delphine Gay), par Georges d'Heilly, avec un beau portrait gravé à l'eau-forte par G. Staal.

420. Bibliothèque récréative. Contes, Lettres, Dialogues, Sati-
res, Facéties, écrits en français ou traduits du latin, publiés
par V. Develay. Éditions diamant, 22 vol. pet. in-32, br.

HISTOIRE.

VOYAGES.

421. Univers pittoresque, histoire et description de tous les
peuples, religions, mœurs, coutumes, etc., avec environ
4,000 gravures. 72 vol. in-8, demi-rel.

On a réuni en 3 volumes les planches des Annales de l'histoire de France
et du Dictionnaire encyclopédique.

422. Théophile Gautier. Voyage en Russie. *Paris*, 1866, 2 vol.
in-12, br. — Voyage en Espagne, in-12, br.

423. Les Délices de l'Italie, contenant une description exacte
du pays, etc., ouvrage enrichi d'un très-grand nombre de
figures en taille-douce. *Amsterdam, chez Pierre Mortier*,
4 vol. in-12, veau.

424. Amusements des Eaux de Spa, enrichis de gravures,
(par de Poellnitz). *Amsterdam*, 1734, 2 vol. in-12, veau.

425. Virginie de Leyva, ou Intérieur d'un couvent de femmes
en Italie au commencement du XVIIᵉ siècle, par Philarète
Chasles. *Paris, Poulet-Malassis et de Broise*, in-12, br.,
portrait par Delatre.

426. Les Paradis artificiels, Opium et Haschisch, par Charles
Baudelaire. *Paris, Poulet-Malassis et de Broise*, 1860,
in-12, br.

HISTOIRE ANCIENNE.

427. Chonologie des rois d'Égypte, par J-.B.-C. Lesueur,
architecte de l'hôtel de ville de Paris. *Paris, à l'Imprimerie nationale*, 1848, in-4, demi-rel., grandes planches
coloriées.

428. Commentaires historiques, contenant en abrégé les vies, éloges et coutumes des empereurs, impératrices, césars et tyrans de l'empire romain jusqu'à Pertinax; le tout illustré de l'exacte explication des revers énigmatiques de plusieurs centaines de médailles en 18 planches en taille-douce. *Paris,* 1635, in-fol. veau.

429. Les Impératrices romaines, ou Histoire de la vie et des intrigues secrètes des femmes des douze Césars, par de Serviez. *Paris,* 1744, 3 vol. in-12, veau.

430. Héliogabale, ou Esquisse morale de la dissolution romaine sous les empereurs. *Paris, Dentu (an X),* 1802, in-8, gravure, demi-rel.

HISTOIRE DE FRANCE.

431. Portraits des rois de France et autres Œuvres, par M. Mercier. *A Neufchâtel,* 1783, 15 vol. in-8, veau pl. ou cart.

432. Mézeray. Histoire de France avant Clovis, etc. *Amsterdam,* 1700, frontispice. — Abrégé chronologique de l'histoire de France, par le sieur de Mézeray. *Amsterdam,* 1688, figures. — Abrégé de l'histoire de France sous les règnes de Louis XIII et Louis XIV. *Amsterdam,* 1720. — Histoire de la mère et du fils, c'est-à-dire de Marie de Médicis, femme du grand Henri IV et mère de Louis XIII. *Amsterdam,* 1730. — Ensemble, 11 vol. in-12, veau et demi-rel.

433. Jeanne d'Arc, par H. Wallon, édition illustrée par les monuments de l'art depuis le xve siècle jusqu'à nos jours. *Paris, Firmin-Didot,* 1876, in-4, br. n. rog.

434. Satyre Ménippée de la vertu du catholicon d'Espagne et de la tenue des états de Paris, etc. *A Ratisbonne, chez les héritiers de Mathias Kerner,* 1726, 3 vol. pet. in-8, frontispice, gravures, veau.

435. Français (les) sous Louis XIV et Louis XV, texte par La Bédollière, Challamel et autres, et vignettes par Johannot, Fragonard, Gavarni et autres. *Paris, s. d.,* gr. in-8, fig. coloriées.

436. Mémoires secrets sur le règne de Louis XIV, la régence et le règne de Louis XV, par M. Duclos, 5e édition. *Paris,* 1808, 2 vol. in-8, veau.

437. Extraits des Mémoires du marquis de Dangeau, contenant beaucoup d'anecdotes sur Louis XIV et sa cour, par
M. de Sartory. *Paris*, 1817, 2 vol. pet. in-8, cart. n. rog.

438. Law (Caricatures sur le système financier de). Tafereel
der Dwasheid, etc. *S. l. n. d.* (vers 1720), gr. in-fol.

Très-bel exemplaire, contenant environ 80 planches fort curieuses et très-
belles d'épreuves, dont quelques-unes appartiennent certainement au burin de
Bernard Picart, lequel a signé la planche du Char de la Fortune.
Quelques pièces possèdent une explication française.
Notre exemplaire contient un jeu de cartes, qui manque souvent.

439. Les Confessions de l'abbesse de Chelles, fille du régent,
par M. de Lescure. *Paris*, 1863, 1 vol. in-12, br. gravures.

440. Mémoires historiques et Anecdotes de la cour de France
pendant la faveur de la marquise de Pompadour, avec 12
estampes gravées par elle sous les yeux du roi sur les prin-
cipaux événements de son règne. *Paris*, 1812, in-8, cart.
n. rog.

441. Portefeuille d'un talon rouge, contenant des anecdotes
galantes et secrètes de la cour de France. *Paris, de l'imprimerie du Paradès, l'an* 178**, 1 pet. in-18, cart. n. rog
Très-rare.

442. Le Sacre et Couronnement de Louis XVI, roi de France
et de Navarre, dans l'église de Reims, le 11 juin 1775 ,etc.,
enrichi d'un très-grand nombre de figures en taille-douce,
gravées par le sieur Pattas, avec leurs explications. *Paris,
chez Vente,* 1775, in-8 carré, demi-rel.

443. Mémoires de la baronne d'Oberkirch, publiés par le
comte de Montbrison, son petit-fils. *Paris, Charpentier,*
1853, 2 vol. in-12, demi-rel.

444. Journal de ce qui s'est passé à la tour du Temple pendant la captivité de Louis XVI, roi de France, par M. Cléry,
valet de chambre du roi. *Paris*, 1816, in-12, demi-rel.

445. Français (les) sous la Révolution, par Aug. Challamel et
Wilhem Ténint. *Paris, s. d.,* gr. in-8, fig. en couleurs, br.

446. Histoire-Musée de la république, depuis l'assemblée
des notables jusqu'à l'empire, par A. Challamel, avec les
estampes, médailles, costumes, caricatures, portraits, etc.
Paris, 1862, 2 vol. format Panthéon, br.

447. Histoire de la révolution française depuis 1789 jusqu'en
1814, par F.-A. Mignet, figures de Duplessis-Bertault,
6ᵉ édition. *Paris, Firmin-Didot,* 1836, 2 vol. in-8, demi-rel.

448. Musée de la révolution, chronologie de 1789 à 1799,
orné de 45 gravures sur acier et de 14 vignettes sur bois
d'après les dessins de Raffet ; illustration et complément

pour toutes les histoires de la révolution française. *Paris,
Perrotin*, 1831, in-8, demi-rel.

449. Les Actes des apôtres, commencés le jour des Morts et
finis le jour de la Purification. *Paris, l'an de la liberté O,*
figures (publiées par Peltier), 9 vol. in-8, cart. 270 numéros.

450. Dictionnaire des individus envoyés à la mort judiciaire-
ment, révolutionnairement, etc., pendant la révolution,
etc., par L. Prudhomme, gravures. *Paris*, 1796, 2 vol. in-8,
demi-rel. — Histoire générale et impartiale des erreurs,
des fautes et des crimes commis pendant la révolution
française, et ornée de gravures et de tableaux par L. Prudhomme. *Paris*, 1797, 4 vol. in-8, br. — Ensemble 6 vol.

451. Les Étrennes de mon cousin, ou l'Almanach pour rire,
année 1787, par M. C. D. *A Falaise*, grande gravure satirique, 1 vol. in-8° cart. non rog.

452. Almanach des prisons, 3e édit. *Paris*, 1791, in-18, grav.
cart. non rog,

453. Almanach de Coblentz, ou le plus joli des recueils catho-
liques, apostoliques et français. *Paris*, 1792, portraits de
Louis XVI, Marie-Antoinette et Louis XVII, in-32, maroq.
rouge, dor. sur tr.

454. Almanach historique et révolutionnaire, etc., de M. le
comte André. *Paris, an III* (1795), 1 vol. in-18, grav. cart.
non rogn.

455. Almanach des gens de bien pour l'année bissextile. *Paris*, 1796, 1 vol. in-18, cart. non rog.

456. Almanach, ou Abrégé chronologique de l'histoire de la
révolution française. *Paris*, 1796, 1 vol. in-18, cart. non
rogné.

457. Almanach des gens de bien pour l'année de grâce 1797
(vieux style). *Paris*, in-18, grav., cart. non rog.

458. Alfred Delvau. Histoire de la révolution de février, par
Alfred Delvau, secrétaire intime de Ledru-Rollin. *Paris*,
1850, in-8, cart.

HISTOIRE DES PROVINCES ET VILLES DE FRANCE.

459. Mercier. Tableau de Paris, nouvelle édition. *Amsterdam*,
1782, 8 vol. in-8, cart.

460. Le Nouveau Paris, par le citoyen Mercier. *Paris, chez
Fruchs*, 1793, 6 tom. en 3 vol. in-8, cart.

461. Dernier Tableau de Paris, ou Récit historique de la révolution du 10 août 1792, etc., par J. Peltier de Paris, auteur des *Actes des apôtres*, etc., 3e édit., portraits. *Londres et Bruxelles*, 1794, 2 vol. in-8, br.

462. Révolutions de Paris, dédiées à la nation et au district des Petits-Augustins, publiées par le sieur Prudhomme à l'époque du 12 juillet 1789-1793, avec grav. et cartes des départements du royaume. *Paris*, 1789-1793, 17 vol. in-8, veau écaillé, rel. unif. très-bon état.

463. La Police de Paris dévoilée, par Pierre Manuel, l'un des administrateurs de 1789. *A Paris, l'an second de la Liberté*, 2 vol. in-8, front. bas.

464. Tableau des prisons de Paris sous le règne de Robespierre. *Paris, chez Michel,* 1 vol. in-12, grav. cart. non rogn.

465. Tout Paris en vaudevilles, ouvrage critique, comique, philosophique, etc., etc., par Maraut, grav. *Paris, Barba, an IX* (1801), in-12, cart. non rogn.

466. Personnages célèbres dans les rues de Paris, depuis une haute antiquité jusqu'à nos jours, par J.-B. Souriet. *Paris*, 1811, 2 tom. en 1 vol. in-8, demi-rel.

467. Vins à la mode et Cabarets au dix-huitième siècle, par Albert de la Fizelière, front. à l'eau-forte de Maxime Lalanne. *Paris, René Pincebourde*, 1866, in-12, br.

468. Mémoires authentiques d'une sage-femme, par Mme Alexandrine Jullemier. *Paris*, 1835, 2 vol. in-8, br.

469. Figurines parisiennes, par Ch. Monselet. *Paris, Jules Dangeau*, 1854, 1 vol. in-18, cart. non rog.

470. Alfred Delvau. Les Dessous de Paris, eau-forte de Léopold Flameng. *Paris, Poulet-Malassis*, 1862, 1 vol. in-12, cart., non rog.

471. Alfred Delvau. Histoire anecdotique des cafés et cabarets de Paris, avec dessins et eaux-fortes de Gustave Courbet, Léopold Flameng et Félicien Rops. *Paris*, 1862, in-12, demi-rel.

472. Alfred Delvau. Les Cythères parisiennes, histoire anecdotique des bals de Paris avec 24 eaux-fortes et un frontispice de Félicien Rops et Émile Thérond. *Paris, Dentu*, 1864, in-12, cart.

473. Alfred Delvau. Le Grand et le Petit Trottoir. *Paris, Faure*, 1866, eau-forte, 1 vol. in-12, cart.

474. Alfred Delvau. Histoire anecdotique des barrières de Paris avec 10 eaux-fortes de E. Thérond. *Paris, Dentu*, 1865, 1 vol. in-12.

475. Alfred Delvau. Les Heures parisiennes, 25 eaux-fortes d'Émile Benassis. *Librairie centrale*, 1866. — On a ajouté : Appendice aux Heures parisiennes. *Librairie centrale*, 1872, 2 part. en un seul vol. in-12, cart. non rog.

476. Alfred Delvau. Les Lions du jour, physionomies parisiennes. *Paris, Dentu*, 1867, in-12, cart.

477. Alfred Delvau. Les Plaisirs de Paris. *Paris*, 1867, 1 vol. in-12, toile.

478. Alfred Delvau. Au Bord de la Bièvre, impressions et souvenirs, nouv. édit. précédée d'une bibliographie des ouvrages de l'auteur. *Paris, Pincebourde*, 1873, 1 vol. in-12.

479. Histoire d'une minute, physionomies parisiennes, illustrées par Gustave Doré, avec une préface de Charles Monselet. *Paris*, 1864, in-12, br.

480. Les Salons de Paris et la Société parisienne sous Louis-Philippe Ier, par le comte de Beaumont-Vassy, portraits *Paris*, 1866, in-12, br.

481. Physionomies parisiennes. Dix physionomies, par Ch. Monselet, G. Guillemot, Ed. Tessier, etc., illustrées par Cham, Benassis, Nadol, Berthau, etc., etc. *Paris, le Chevalier*, 1867-1868, 5 vol. in-18, cart. non rog. ·

482. Ce qu'on voit dans les rues de Paris, par Victor Fournel. *Paris, Dentu*, 1867, 1 vol. in-12 br.

483. Charles Diguet. Les Jolies Femmes de Paris, vingt eaux-fortes par Martial, ornements de Morin, *Paris, Lacroix*, 1870, in-12, br. non coupé.

484. La Vie à grandes guides, par Georges Mancel, dessins de Nadol. *Paris, s. d.*, in-12, br.

485. Voyage de Chapelle et de Bachaumont, suivi de quelques autres dans le même genre. *A Genève*, 1782, 1 vol. n-12, veau.

486. La Bretagne, par M. Jules Janin, illustrée par Beliangé, Gigoux, Raffet, etc., grav. noires et coloriées, 2e édit. *Paris*, 1862, gr. in-8, br.

487. La Normandie, par Jules Janin, illustrée par Morel Fatio, Tellier, Gigoux, etc., grav. noires et en couleurs. *Paris*, 1862, gr. in-8, br.

488. Histoire de la grande guerre des Paysans, par Alexandre
Weil, 3ᵉ édit. *Paris, Poulet-Malassis et de Broise*, in-12,
broché.

489. La Chronique de Champagne, publiée sous la direction
de M. H. Fleury et Louis Paris. *Reims et Paris*, 1837-1838,
grav. (la grande planche du manuscrit de la bibliothèque
s'y trouve), 4 vol. gr. in-8, cart. non rog.

490. Chronique de Rains, publiée sur le manuscrit unique de
la Bibliothèque du Roi, par Louis Paris. *Paris, Techener*,
1837, pet. in-8, papier vergé, br.

491. Remensiana. Historiette, Légendes et Juridictions du pays
de Reims. *Reims, Jacquet.*, 1845, in-18, cart.

492. L'Histoire de l'église métropolitaine de Reims, par Floard
(Flodoard), traduite en français par Nicolas Chesneau, 1ʳᵉ
édit. *A Reims, imprimé chez Jean de Foigny*, 1580, petit
in-4, vel.

493. Table chronologique extraite sur l'Histoire de l'église,
ville et province de Reims, composée par feu M. Pierre Coc-
quault, prêtre, etc., etc. *Reims, chez veuve François Bernard*, 1650, pet. in-4, veau.

494. Description historique de Notre-Dame de Reims, rédigée
et mise en ordre par Povillon-Piévard. *Reims*, 1823, in-8,
broché.

495. Le Dessin de l'histoire de Reims, avec diverses curieuses
remarques touchant l'établissement des peuples et la fondation des villes de France, par feu M. Nicolas Bergier
(portrait, plan et grav.). *Reims, chez Nicolas Hécart*, 1635,
pet. in-4, vel.

496. Essais historiques sur la ville de Reims, par un de ses
habitants (Cancus-Daras). *Reims*, 1823, 1 vol. in-8, demi-
rel.

497. La Mer de Nice. Lettres à un ami, par Théodore de Banville. *Paris, Poulet-Malassis*, 1861, in-12, br.

ANTIQUITÉS, NUMISMATIQUE, NOBLESSE.

498. Dictionnaire des antiquités romaines et grecques, ac-
compagné de 2,000 gravures d'après l'antique, par Anthony
Rich. *Paris, Firmin Didot*, 1861, 1 vol. in-12, demi-rel. neuf.

499. Traité élémentaire de numismatique ancienne, grecque
et romaine, par Gérard-Jacob Kolb, planches. *Paris*, 1825,
1 vol. in-8, br.

500. La Scienee des médailles, nouvelle édition avec remarques (par Jobert), front. et pl. *Paris, chez Delare,* 1739, 2 vol. in-12, veau.

501. Manuel de l'amateur de jetons, par J. de Fontenay. *Paris, Didron,* 1854, in-8, br. planches dans le texte.

502. Monnaies inconnues des évêques, des innocents, des fous et de quelques autres associations singulières du même temps, recueillies par M. J. Rigollot, d'Amiens, 46 pl. *Paris,* 1837, in-8, br.

503. La Nouvelle Méthode du blason raisonnée, etc., par le père C.-F. Menestrier, enrichie de figures en taille-douce. *Lyon,* 1754, in-12, veau.

BIOGRAPHIE.

504. Dictionnaire de biographie, mythologie, géographie anciennes, par M. N. Theil. *Paris, Firmin-Didot,* 1865, in-12, demi-rel.

505. Arnoldiana, ou Sophie Arnould et ses contemporaines, joli portrait. *Paris,* 1813, in-12, dem.-rel.

506. Sophie Arnould, d'après sa correspondance et ses mémoires inédits, par M. Edmond et Jules de Goncourt. *Paris, Poulet-Malassis et de Broise,* 1861, in-12, br.

507. Histoire de la vie et des ouvrages de Voltaire, par L. Paillet de Warcy, deux fac-simile de l'écriture de Voltaire. *Paris,* 1824, 2 vol. in-8, br.

508. Ch. Monselet. Les Aveux d'un pamphlétaire. *Paris, Lecou,* 1854, 1 vol. in-18, cart. non rog.

Vol. curieux contenant la Vie du chevalier de la Morlière et celle du chevalier de Mouhy.

509. Marat, dit l'Ami du peuple, notice sur sa vie et ses ouvrages, par Ch. Brunet, avec un portrait gravé par Flameng d'après le dessin de Gabriel. *Paris, Poulet-Malassis,* 1860, in-12, br.

510. Ch. Monselet. Rétif de la Bretonne, sa vie et ses amours; documents inédits, ses malheurs, etc., catalogue complet et détaillé de ses ouvrages, suivis de quelques extraits avec un portrait de Nargeot. *Paris, Aubry,* 1868, 1 vol. in-12, cart. non rog., pap. vergé.

511. Restif de la Bretonne, par Firmin Boissin. *Paris,* 1875, pet. in-8, vergé de Hollande.

Tiré à 150 exemplaires.

512. Honoré de Balzac, par Théophile Gautier. Édition revue et augmentée, avec un portrait gravé à l'eau-forte par E. Hédouin. *Paris, Poulet-Malassis et de Broise*, 1859, in-12, br.

513. Grandes Figures d'hier et d'aujourd'hui. Balzac, Gérard de Nerval, Wagner, Courbet, avec 4 portr. gravés à l'eau-forte par Bracquemond. *Paris, Poulet-Malassis et de Broise*, 1861, in-12, br.

514. Théophile Gautier, par Ch. Baudelaire, notice littéraire précédée d'une lettre de Victor Hugo, front., portr. par E. Thérond. *Paris, Poulet-Malassis*, 1859, in-12, br.

515. Charles Baudelaire, sa vie et son œuvre, par Ch. Asselineau, avec portrait. *Paris, Lemerre*, 1869, 1 vol. in-12, br.

516. Alfred de Musset, l'homme, le poëte, par Adolphe Perreau. *Paris, Poulet-Malassis*, 1862, in-12, br.

517. Alfred Delvau. Gérard de Nerval, sa vie, ses œuvres, port. de Staal. *Paris, Bachelin*, 1865, 1 vol. in-18, pap. vergé.

518. Alfred Delvau. Henri Murger et la Bohème, eau-forte par G. Staal. *Paris, Bachelin*, 1866, in-18, pap. vergé, cart.

BIBLIOGRAPHIE.

519. Philobiblion, excellent traité sur l'amour des livres, par Richard de Bury. *Paris, chez Aubry*, 1866, 1 vol. in-12, br.

520. Voyage littéraire sur les quais de Paris, lettres à un bibliophile de province, par A. de Fontaine de Resbecq. *Paris, Durand*, 1857, 1 vol. in-12, demi-rel., tête dorée ébarbée.

521. L'Enfer du bibliophile, vu et décrit par Charles Asselineau. *Paris, Jules Tardieu*, 1860, in-18, cart. non rog.

522. Quérard. La France littéraire, ou Dictionnaire bibliographique des savants, historiens et gens de lettres qui ont écrit en français plus particulièrement pendant les xviiie et xixe siècles. 1827 à 1857, 12 vol. in-8, demi-rel., coins, dos maroq., tête dorée, non rogn.

523. Quérard. Les Auteurs déguisés de la littérature française au xixe siècle. *Paris*, 1845, gr. in-8, demi-rel.

524. Œuvres posthumes de J.-M. Quérard, publiées par G. Brunet. Livres perdus et exemplaires uniques. *Bordeaux*, 1872, 1 vol. in-8, pap. de Holl. cart. non rogn.
Tiré à 300 exemplaires, n° 236.

525. Nouvelle Bibliothèque d'un homme de goût, entièrement refondue, corrigée et augmentée par A.-A. Barbier, bibliothécaire de Sa Majesté, et N.-L.-M. Desessarts. *Paris*, 1808, 5 vol. in-8, demi-rel.

526. Histoire des livres populaires, ou de la Littérature du colportage, par Charles Nisard. 2ᵉ édit. revue et considérablement augmentée. *Paris, Dentu*, 2 vol. in-12, br.

527. Les Pseudonymes du jour, par Charles Joliet. *Paris, Achille Faure*, 1867, in-12, br.

528. Catalogue des ouvrages mis à l'index, contenant le nom de tous les livres condamnés par la cour de Rome, depuis l'invention de l'imprimerie jusqu'en 1815. *Paris*, 1826, in-8, br.

529. Les Gazettes de Hollande et la Presse clandestine aux xviiᵉ et xviiiᵉ siècles, par Eugène Hatin, eau-forte de Ulm. *Paris, chez René Pincebourde*, 1865, 1 vol. in-8, pap. de Hollande, br.

530. Bibliographie des ouvrages relatifs à l'amour, aux femmes, au mariage, etc., 3ᵉ édition entièrement refondue et considérablement augmentée, par ordre alphabétique, par noms d'auteurs et titres d'ouvrages, 1869-73, 6 vol. in-12, demi-rel. dos maroq. tête dorée, non rogn.

531. Mélanges tirés d'une petite bibliothèque romantique, par Charles Asselineau, illustrés d'un frontispice à l'eau-forte de Célestin Nanteuil. *Paris*, 1866, *chez René Pincebourde*, 1 vol. in-8, pap. de Holl., br.

532. Bonnardot. Essai sur l'art de restaurer les vieilles estampes et les livres, ou Traité sur les meilleurs procédés pour blanchir, détacher, décolorier, réparer et conserver les estampes, livres et dessins., 2ᵉ édit. refondue et augmentée, suivie d'un exposé des divers systèmes de reproduction des anciennes estampes et des livres rares. *Paris, Castel*, 1858, in-12. — A. Bonnardot. De la Réparation des vieilles reliures, complément de l'Essai sur l'art de restaurer les estampes et les livres. *Paris, Castel*, 1858, in-12. Reliés ensemble en 1 vol. in-12, cart. non rogn.

Livres en lots.

ORDRE DES VACATIONS.

PREMIÈRE VACATION. — *Mardi* 12 *décembre* 1875.

Nos 1 à 165.

DEUXIÈME VACATION. — *Mercredi* 13 *décembre.*

166 à 362

TROISIÈME VACATION. — *Jeudi* 14 *décembre.*

363 à 532

LIVRES EN LOTS.

CONDITIONS DE LA VENTE.

La vente se fait au comptant.

Les acquéreurs payeront 5 p. $^{0}/_{0}$ en sus des enchères, applicables aux frais.

Les réclamations devront être faites dans les vingt-quatre heures de l'adjudication. Passé ce délai, ou une fois sortis de la salle de vente, les ouvrages adjugés ne seront repris pour aucune cause.

Il y aura, de deux à quatre heures, exposition des livres composant la vacation du soir.

Le libraire chargé de la vente remplira les commissions des personnes qui ne pourraient y assister.

Paris. — Typographie Georges Chamerot, rue des Saints-Pères, 19.

RED. :

18

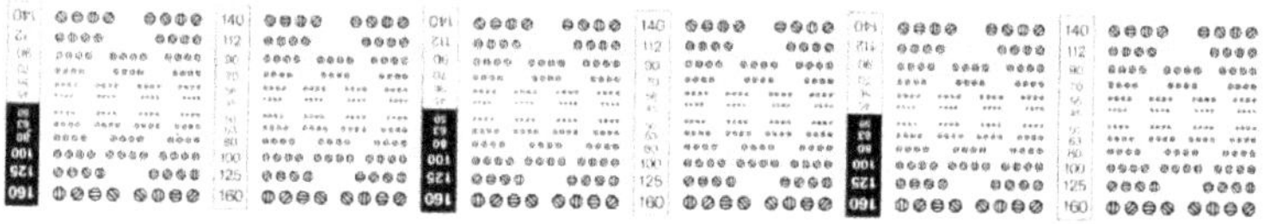